講談社文庫

闇の目

下っ引夏兵衛

鈴木英治

目次

闇の目

下っ引夏兵衛

第一章　錠前破り

一

用心棒を二人、雇っていることは知っている。

下見のとき、二人の顔は見た。下ぶくれの顔をし、やや腹も出て恰幅のよさを感じさせる一人はかなりの手練だが、用心しなければならないのは、もう一人の若いほうだ。

すらりとした長身の上、澄んだ目をしていて、優男そのものといってよく、用心棒よりも女相手の商売のほうが似合いそうな雰囲気を全身にまとっているが、これまで出会ったことがないほどの遣い手であるのは紛れもない。

あの若い用心棒がいるからこれまで忍びこむのはためらっていたが、やはり甲州屋を許すことはできない。懲らしめてやらなければならない、と深く思っている。

　江戸には数え切れないほど金貸しがいる。店を構えている者ばかりでなく、身一つで動いている者も多い。金貸しから百文ばかりの金を借り、その日一日、物売りなどの商いをして日銭を稼ぎ、利子を入れて百三文の借金を夕方に返す庶民はいくらでもいる。

　しかし、甲州屋はそういう者たちを相手にしない。百文という金ははした金として、貸さないのだ。貸しだすのは、最低でも一分からときいている。

　甲州屋の利自体は、さして高いものではない。むしろ他の金貸しより、わずかに安いといわれている。

　考えてみれば百文借りて一日で三文の利はとんでもないものだが、甲州屋の場合、利が安くとも元金が大きいだけに始末が悪いのだ。

　利の安さに加え、貸しだす際、あるじの天右衛門は仏の顔をしているのだそうだ。それにだまされて借りたら、あとは地獄が待っている。

　なにしろ、取り立てのやり方は非道そのものといっていいのだ。病人の夜具をはぐのは至極当然のことにすぎず、病人が口にしようとしている粥すらも容赦なく持ってゆくという話だ。

天右衛門は、相撲取りが似合うような大男だ。実際に、相撲取りあがりという噂を耳にしたこともある。

それだけの大男だから取り立ての際の迫力は相当のものらしく、たいていの者は脅(おど)しあげられればいうことをきかざるを得ないらしいし、膂力(りょりょく)も相当なもののはずなので、用心棒など必要としないのではないかと思えるのだが、天右衛門自身、ひどく用心深い性格のようなのだ。

番頭や手代などは置いておらず、妻も子もなく、すべて一人で店を切り盛りしている。つまり、誰一人としてこの世に信用できる者はいないと考えているのだろう。

そんななか、二人の用心棒を雇っているというのはどういうことなのか。用心棒が押しこみに早変わりするというのを考えなかったわけではなかろう。

しかし天右衛門は取り立ての際など、平然と連れて歩いている。これは、二人の用心棒に絶大な信頼を寄せている証(あかし)にちがいない。

いったい二人の用心棒と天右衛門はどういう関係なのか。

いや、今はそんなことを斟酌(しんしゃく)している場合ではない。たんまりと貯めこんでいるはずの金を奪うことだけを考えていればいい。

店はさほど広い敷地を誇っているわけではない。せいぜい五十坪ほどでしかないが、その敷地のなかに二つの石造りの蔵が建っている。蔵には、千両箱がいくつもつまっているらしい。

一万両はくだらないのではないか。すべての千両箱をさらっていきたいが、一人だからそこまではできはしない。

千両箱は重いのだ。空箱ならともかく、千両もの金が入ったときの重さは五貫近くもあるのだから。もっとも、これまで千両箱を手にしたことは一度もない。

一歩下がってあたりを見まわした。暗い。闇がおのれの力を誇示するかのごとく、ときの歩みをとめてしまっている。

半町先に常夜灯の明かりが見えているが、その明かりは夜の分厚い壁にさえぎられてこのあたりまで届くことはない。晩秋の冷たさを帯びた風が道に箒(ほうき)をかけるかのように吹き渡ってゆく。

刻限は八つ（午前二時）頃だろう。人けはまったくない。江戸のほとんどの住人たちは豪快にいびきをかき、あるいは穏やかな寝息をついているのだろう。

もし自分と同じように起きてこうして外出している者がいるとしたら、なにか悪事を企んでいる者にちがいない。

だが、と思う。俺がやろうとしていることは悪事などでは決してない。

といっても、もし町方につかまればまちがいなく死罪が待っている。そうなれば、母親は悲しむだろう。

母親のことを思いだしたら、無性に顔が見たくなった。夜空に顔を描いてみる。心配そうな顔つきをしている。

大丈夫だよ、おっかさん。

息を一つして心を落ち着ける。

そう、大丈夫だ、俺は決してつかまることなどない。

店をめぐる黒塀は高い。優に一丈近くはあり、堅固な城を覚えさせる。これだけでも天右衛門の用心深さがわかろうというものだ。

しかしこの程度の高さは関係ない。忍び返しが施されていないところを見ると、この高さだけで敷地内に侵入する者を阻めると考えているのかもしれない。

俺さまの力を侮(あなど)ってくれては困るぜ。

道端から勢いをつけて走り、塀にぶつかろうという瞬間、思い切り跳びあがった。同時に右腕をのばす。

中指が塀の上にかかる。人さし指、薬指と塀にかかり、ついには五本の指が塀の上にのった。

こうなれば、あとは楽だ。犬のように足で塀をかき、両腕の力で体を持ちあげた。塀の上に腹這(はらば)いになる。

その姿勢のまま敷地内を見つめた。

静かなものだ。母屋の屋根の影が、夜空ににじみ出るようにして見えている。二つの蔵は『コ』の字の形をした母屋に包みこまれるようにして建っている。

音を立てることなく、地面に降り立った。姿勢を低くして歩く。母屋では、二人の用心棒が寝ずの番をしているはずだ。あの二人に気配をさとらせてはならない。

母屋をまわりこむようにして中庭に出た。二つの蔵のあいだに立つ。

どちらの錠前を破るか。天右衛門が二つの蔵を建てたというのは、盗人を用心したためかもしれない。蔵を二つにしておけば、仮に一つが破られてももう一つが助かるという計算なのではないか。

小癪(こしやく)だった。そういうことなら二つとも破ってやりたいが、冷静に考えてみれば、ときがない。天右衛門の思惑通りになるのは腹が煮えるが、ここは一つの蔵から大金を拝借して退散するしか道はない。

右手の蔵の錠前を破ることにした。二つの蔵には、同じような額の金がおさめ入れられているにちがいない。

錠前をじっくりと見た。夜目は利く。この目がなければ、盗人になっていない。甲州屋の甲の字が右端に、碁石らしいものが錠前の真んなかに彫られている。

どうして碁石なのか。おそらくこれは、甲斐国を治め、天下を望んだといわれる武田信玄が用いたという碁石金の意匠なのだろう。

この錠前には鍵穴が見当たらない。鍵穴が見つからなければ、錠前を破ることはできない。こいつはそういう仕掛けになっているのだ。

だが、この手の仕掛けは珍しいものではない。錠前のどこかを動かせば、たいていの場合、鍵穴は姿をあらわす。鍵穴さえ見つけてしまえば、あとは楽だ。

どこかな。

捜すのはむしろ楽しみだ。しかしときはかけていられない。

背後を気にする。人の気配はない。用心棒は感づいていないのだ。

どこか遠くで犬が鳴いた。なにがあったのか、ずいぶんと悲しげだ。鳴き声はすぐにおさまり、夜に吸いこまれていった。

錠前に目を戻す。こいつはさほどむずかしい仕掛けではないように思えた。おそらくこの碁石金を動かせばいいのではないか。そうすれば、鍵穴は姿を見せよう。

だが、碁石金は動かない。これではないということだ。

錠前を見つめた。こうしていると、錠前が向こうからこれだよ、と教えてくれる。

――こいつか。

甲の字のほうではないか。『甲』のしっぽに触れてみた。軽く動くのがわかった。

やはりこれだな。

しっぽをつかみ、下に引き下げる。ぐっと手応えがあり、鉄(かね)の触れ合う小気味いい音がした。途端に碁石が上に動き、鍵穴があらわれた。

思わず笑みがこぼれる。

すぐに用心棒のことを思いだし、心を引き締める。

鍵穴に錐(きり)を差しこむ。錐といってもこれは錠前破りのために特につくった錐だ。これであかない錠前はこれまで一つもない。

錠前に耳を当て、錐を動かす。すぐに引っかかりが見つかった。

これだな。

錐の動きは、幼い子供に耳掃除をしているときに感じがよく似ている。微妙な指づかいが必要だ。

先ほどより重みのある手応えが伝わってきた。

よし、あいた。

錠前を扉から引き抜く。懐からごま油が入った瓶を取りだし、ごま油を敷居に振りかける。

十分に染み渡ったのを確かめてから扉を横に滑らせ、さらに内扉も同じようにしてあけた。ごま油のおかげで、大きな音は立たなかった。

蔵に足を踏み入れる。

千両箱が二段に積まれている。数えてみると、八つあった。

八つすべてを手に入れたいという思いが募ってきたが、ここで欲をかいてもはじまらない。

こいつが千両箱か。

しげしげと見た。意外に大きい。

一つを持ちあげた。予期していたほどの重さではない。これなら、なんとかなるような気がする。

肩にのせ、蔵を出ようとした。その瞬間、背後でなにかが動いたような気がした。

まさか。

ぴたりと足がとまった。首をねじ曲げて、うしろを見る。

一匹の鼠が犬のように座りこみ、こちらを見あげている。いきなり一声鳴き、走りだした。こちらに向かって駆けてくるような気がした。

「げっ」

声が喉の奥から出た。

しまった。まずいぞ。

敷居を蹴るようにして蔵の外に出る。近くで雨戸があく音がした。

やばい。気づかれた。

必死に足を動かし、塀に駆け寄ろうとしたが、気ばかり焦って塀はなかなか近づいてこない。

「盗人めっ」

背後で怒号がきこえ、風を切る鋭い音がそれに続いた。容赦のない斬撃であるのを直感した。

千両箱を横に放り、体を前に投げだした。刀をかわせたか自信はなかったが、すぐに立ちあがり、駆けだす。

どこもやられていないことを祈った。

「きさまっ」

声は若い。あの遣い手の用心棒だ。よりによって強いほうが出てくるとは。

塀がようやく近づいてきた。飛びつこうとしたが、その前にまた刃風がきこえた。今度は横に跳んだ。

紙でも切ったような音がした。着物をかすられたようだ。

刃は体に届いていない。そう思いこむしかなかった。

左に走り、庭の一本の大木の陰に駆けこんだ。松の木のようだが、定かではない。

だが用心棒の足さばきは信じがたいほどすばやく、前途をさえぎられた。

松の大木を盾にすることはできず、今度は右に向かって走る。

用心棒が追いかけてきた。刀が振られる。

ぎりぎりまで待って斬撃をかわす。これは勘でしかない。一瞬でもおくれたら、体は両断されていた。

左へと方向を転じ、塀に飛びつく。しかし指は塀の上に届かなかった。用心棒が迫ってきているのを肌で知った。

やられちまう。

塀はあきらめ、先ほどの松の大木に向かった。刀が胴に振られた。完璧に間合に入れられているのがはっきりとわかった。

かわしきれないか。そう思いながら思い切り姿勢を低くした。

髷（まげ）を飛ばしそうな際どさで、刀が通りすぎてゆく。

すぐさま立ちあがり、再び走りだす。返す刀が襲ってきた。それは体をひねることでかろうじて避けた。

松の大木が目の前に迫ってきた。手などつかわず、ほとんど駆けのぼった。太い枝につり下がり、腕の力をつかって体を思い切り揺らした。

下から刀が突きあげられる。その一瞬前に枝を離した。体が宙を飛び、あやまたず塀の上に足がついた。

「おのれっ」

用心棒が再び怒号し、刀をかざして追いかけてきた。

刀が槍のように突きだされる。

切っ先が届く前に塀を蹴った。

二

ここかい。

本郷（ほんごう）四丁目まで来て、伊造（いぞう）はつぶやいた。目の前に建つ店は、悪名高い金貸しとして知られる甲州屋だ。

暖簾はかかっていない。今にも雨が降りだしそうな曇り空の下、せまい入口はひどく暗く、地の底に通じる穴蔵のはじまりのようだ。

晩秋の早朝にもかかわらず、あまり寒さは感じないが、こういう雨が近い日は、体のいたるところに刻まれた古傷がうずくようにしきりに痛む。

今日は右足のふくらはぎの傷が特に痛い。

「ごめんなさいよ」

痛みを我慢して、伊造は足を踏み入れた。そこは、人が三人も立てば一杯になってしまうくらいの土間だ。

右手の柱に設けられた燭台が、吐息にすら吹き飛ばされそうな頼りなげな明るさをあたりに投げかけている。燭台からは盛んに黒いすすがあがっている。最も安い魚油を用いているのだ。

「おう、伊造、来たか」

目の細かい格子の向こう側から声をかけてきたのは、北町奉行所の定廻り同心の滝口米一郎だ。

長身で、鼻筋の通った精悍な顔つきをしている。やや垂れた目が性格の柔和さを如実にあらわしており、その温厚さは町人たちに慕われている。まだ二十九という若さだが、探索などにおいては、ときに四十をすぎているのではないかと思わせるほどの老練さを見せることもあった。

忠実な中間の次兵衛がつきしたがっている。伊造に挨拶してきた。伊造はていねいに返した。

伊造は、米一郎から手札をもらっている岡っ引だ。岡っ引になったのは米一郎の父親の米左衛門から手札をもらったからだが、米左衛門の隠居とともに伊造は米一郎に引き継がれたのだ。

米一郎が顔をしかめる。

「どうした、また古傷が痛むのか」

えっ、と伊造はいった。

「わかりますんで」

米一郎がほほえむ。

「当たり前だ。いつからのつき合いだと思っているんだ」

その通りだ。考えてみれば、米一郎が生まれたときから知っているのだ。赤子だった米一郎のおむつを替えたこともある。

米一郎が生まれたのは、伊造が二十六のときだ。あのときの小さすぎる赤子が今は偉丈夫となり、伊造は五十五になった。

「でも、たいしたことはございません。すぐにおさまりますから」

そうか、と米一郎がいう。

「伊造、あるじの天右衛門どのだ。知っているかな」

先ほどから視野に入っていたが、伊造はあえて見ようとはしなかった。

「親分さん、ご苦労さまです」

天右衛門が頭を下げる。雲つくようなというのがまさにぴったりの大男だ。その体に似合わず、顔は小さく、細い目は穏やかな光を宿している。しかし借金取り立ての際、容赦なくやるときは青白く燃えるような瞳に変わることを伊造は知っている。一度、取り立てをしているところを目の当たりにしたことがあるのだ。

声を荒げるようなことはせず、むしろ無言を貫いているように見えたが、その目の恐ろしさに金を借りた者は身をひどく縮めていた。

「伊造、さっそく見てもらおうか」

米一郎の案内で中庭に出た。城の櫓（やぐら）のような二つの蔵が向き合って建っている。二人の用心棒らしい浪人が少し離れたところに立っている。油断ない目つきで、伊造をにらみつけるようにしている。

一人は小太りといっていい体格で、歳は四十近いだろう。もう一人は米一郎と同じくらいの年の頃と思えたが、骨が細い長身で、高貴な姫のようなたおやかさすら覚えさせた。用心棒には似合わない男に見えるが、ただ立っているだけにもかかわらず、全身から漂い出てくるただならぬ雰囲気は相当の遣い手であるのを、伊造に教えている。秘剣でも持っていそうな神秘さえ、身にまとっていた。

「こっちだ」

米一郎にいわれ、伊造は右側の蔵に近づいた。鍵穴が隠されているはずの錠前がものの見事にあけられている。

鮮やかなものだな。伊造は口のなかでそっとつぶやいた。

「やつの仕業か」

米一郎がきいてきた。

「まずまちがいないでしょうね」

伊造は錠前に視線を注ぎつついった。敷居が濡れ、ごまのにおいが立ちのぼっている。これはいつもの手口だ。すでに二年ものあいだ、この盗賊を追っている。はした金を盗むことが多いが、ときおり百両近い大金を手にすることがある。ここ最近では、江戸をかなり騒がしているといっていい盗賊だ。

伊造は顔をあげ、蔵の奥を見た。十箱近い千両箱が積まれている。

視線を転じ、米一郎を見つめる。

「金は奪われたんですかい」

「いや、無事だった。こちらの岡坂丈ノ介どののお手柄よ」

米一郎が手のひらで若いほうの用心棒を指し示す。

「岡坂どのから、すでにだいたいの事情はきいた」

どういうことがあったか、米一郎が手短に語った。

なるほど、この用心棒に気づかれて手ぶらで逃げ帰るしかなかったっていうことかい。

伊造は納得した。これだけの腕を持つ男に斬りかかられて、無事に逃げおおせたというのが不思議なくらいだ。

「伊造のほうで、なにかききたいことがあるか」

米一郎にいわれ、うなずいた伊造は岡坂を見つめた。

見れば見るほど優男だ。女が放っておかない顔立ちをしている。特に頬から顎にかけての線が流麗だ。女にしたらさぞきれいだろう。

「盗人に斬りかかったってことですが、いつ盗人が入ったのに気づいたんですかい」

「声がした」

岡坂が低く答える。

「どんな声です」

「げっ、とかいうような声だ」

「ほう。それで岡坂さまは雨戸をあけ、中庭に出られたんですね。盗人はそのときもう千両箱を担いでいたんですかい」

「そうだ」

「それで斬りかかり、盗人は千両箱を放りだして逃げたんですね」

「思った以上にすばしっこいやつだった」

岡坂が悔しげに唇を嚙んだが、瞳には人を殺し損ねた悔いの色が浮かんでいるように見えた。

さいですかい、と伊造は薄気味悪く思いつつ適当に相づちを打った。

「ところで盗人ですけど、どうして、げっという声をだしたんだと思いますかい」

岡坂が目をあげた。瞳が不気味に光る。

「もしその声がなかったら、賊が蔵を破ったのに気づかなかったのではないかといいたいのか」

「滅相もない。あっしはどうして盗人がそんな声をだしたのか、知りたいだけですよ」

岡坂が自分の耳に人さし指を突っこみ、指先についた耳垢を息で飛ばす。

「別におかしなことはなかったですかい」

「鼠の声はしなかったたように思えるがな」

岡坂が首をひねる。

「あの賊、鼠におびえてあんな声をだしたというのか」

「いえ、そいつはまだわかりません」

岡坂が思いだそうとしている。

「いわれてみれば、蔵から鼠が飛びだしてきたような気もせんではないな」

「さようですかい」

やはりまちがいないな、例の盗人だ。伊造は確信を持った。

半年ほど前、とある商家に盗みに入った例の盗人がなにも取らずに逃げたことがあったのだが、そのとき商家の家人がいうには、鼠の鳴き声がした直後、天井裏であわてたような足音がし、盗人らしい影が遁走したのがわかっている。

そのときは盗人が鼠を苦手としているとはあまりに考えにくく、その思いはすぐに脳裏から消し去ったのだが、昨夜のへまはなにかに明らかに驚いたものだろう。

それで鼠のことを思いだして口にしてみたのだが、どうやら当たりだったようだ。

これが果たして手がかりになるものかわからないが、知っていて損にはなるまい。

鼠苦手小僧（ねずみにがてこぞう）と名づけるか。

心で笑ったつもりだったが、ほんの少し面に出たか、岡坂が不審げに伊造を見ている。伊造は咳払（せきばら）いした。

「岡坂さまが賊を追いまわされているとき、もう一人のお侍はなにをされていたのですかい」

岡坂はちらりと恰幅のいい用心棒に視線を投げた。

「酒を食らっていた」

苦々しくは思っていない口調だ。

「二人ならとらえることができたのではありませんか」

「かもしれん。だが、俺たちの仕事は甲州屋の金を守ることだ。賊をとらえることではない」

伊造は顎を引いた。

「でも岡坂さま、あっしには疑問が一つあるんですよ」

「なんだ」

　これまでずっと黙っていた米一郎が伊造をじっと見た。米一郎は、すでに伊造がなにをきくつもりなのかわかっているはずだ。でなければ、花形といわれる町廻り同心はつとまらない。

「金を守るんでしたら、どうして蔵のほうを見張らなかったんですかい。店のなかには、蔵以上の金はしまわれていないんじゃないんですかい」

「夜ともなると、外はだいぶ冷えるからな。それに、なかにいても賊の気配を察することはできる」

　でも昨夜は鼠のおかげで助かったんじゃないんですかい、という言葉は喉の奥に押しこんだ。

　なにか守るべき別の物があるということではないか。それはあるじの天右衛門ではないだろうか。

　賊が忍びこんだとき、もう一人の用心棒は天右衛門にぴったりと張りついていた。そう考えるのが自然だろう。岡坂にしても、賊は陽動ではないかという思いがあって天右衛門のことを気にしていたからこそ、技に本来の切れ味がなく、賊を取り逃がしたということにならないか。

となると、天右衛門は命を狙われているということになるのか。

とにかくこの甲州屋という店には、と伊造は思った。

なにかいわくがありそうだ。

三

すごい遣い手だったなあ、と夏兵衛（なつべえ）は思った。あれだけの遣い手に追いまわされて、どこにも傷を負っていないのが奇跡としか思えない。

あらためて自分の体を見る。やはりどこも痛くない。

かすられた着物はもったいなかったが、今朝、落ち葉と一緒に燃やした。だからもう跡形もない。江戸では庶民の焚（た）き火は禁じられているが、ここは寺だから御上（おかみ）にも文句はいわれない。

「ねえ、夏の兄ちゃん、なに、ぼうっとしているの」

横からいわれ、夏兵衛は視線を転じた。天神机を並べている鯛之助（たいのすけ）が見つめている。まだ七歳で、あどけない目がかわいい。

「えっ、ぼうっとしていたか」

「してたよ。心ここにあらず、という風情だった」

夏兵衛は感心した。

「心ここにあらず、か。鯛之助は学問ができるなあ」

「夏の兄ちゃんができなさすぎるんだよ」

鯛之助があきれ顔をする。

「夏の兄ちゃん、二十五だよね。どうして今頃になって、手習に励んでいるの」

「鯛之助、そいつは前にもきいたよな」

「うん。でも夏の兄ちゃん、答えてくれなかった」

「俺がおまえの歳の頃は遊んでばかりいて、ろくに学問なんかしなかったんだ」

「それはきいたよ。どうして遊んでばかりいたの」

「そいつはいろいろあったんだ」

「——こら、そこ、なに、無駄口を叩(たた)いているんだ」

手習師匠をつとめている参信和尚(さんしんおしょう)の声が飛んできた。

「夏兵衛、いったい何度いったらわかるんだ」

参信がじっと見ている。落ちくぼんだ目から放たれる光の鋭さは、ただ者ではない。鷲のような高い鼻、分厚い唇、がっしりとした顎。いずれもこの僧が持つ強固な精神を感じさせる。

「いえ、俺じゃありませんよ。鯛之助が話しかけてきたんです」

「鯛之助のせいにするんじゃない」

「いや、でも――」

「うるさい。つべこべいうな。また木に縛りつけるぞ」

数日前、他の子供と墨のなすりつけ合いをして泣かせてしまい、参信に縛りつけられたのだ。参信は柔の達人で、夏兵衛にはあらがうすべなどない。

木にくくりつけられたときの屈辱を夏兵衛は忘れることはできない。手習が終わってしばらくしてからも縄をほどいてもらえず、子供たちにさんざんからかわれたのだ。

「返事はどうした」

参信が鋭い目で見ている。

「はーい」

「返事は、はいでいい」

「はい」

「よし」

この野郎。夏兵衛は、なに食わぬ顔で『庭訓往来』を読んでいる鯛之助をにらみつけた。鯛之助は横目で夏兵衛を見、小さく舌をだしてみせた。

憎めねえなあ。子供はやっぱりかわいいもの。

そんな子供たちが、ここには二十名ほど手習を教わりに来ている。いい子ばかりで、誰もが一所懸命、手習の教本を読んでいる。

俺も見習わねえとな。

夏兵衛も目を落とし、庭訓往来を読みはじめた。往来物と呼ばれる書物で、全部で二十五通の文がおさめられている。

書かれたのは室町の頃らしく、それぞれの文には衣食住や職、病、政などのことが記されている。著者は玄慧といわれているらしいが、参信によれば、それははっきりしていないとのことだ。

夏兵衛が手習を教わっているのは、巻真寺という寺だ。文字通り寺子屋なのだが、江戸ではやはり手習所と呼ぶほうがふさわしい。

手習は最初、本堂で行われていたらしいが、今はそのための教場が境内に建てられている。三十畳ほどの広々とした建物だ。参信はこの寺の住職をつとめている。

手習は午前と午後の二回、あるのだが、午後はだいたい八つから八つ半（二時〜三時）のあいだに終わる。今日ははやく、八つすぎに終わった。

やれやれだ。夏兵衛は子供たちと一緒に天神机を片づけた。

「夏の兄ちゃん、今日は縛りつけられなくてよかったね」

そういったのは、鯛之助と常に一緒に遊んでいる小吉だ。

名は体をあらわすというが、小吉の場合はまさしくその通りで、体は七つの子とは思えないほどだ。

「おう、しょうきちじゃねえか」

「しょうきちでなくて、こきちだよ。何度いったらわかるの」

「ああ、そうだ、小吉だった。小吉、いつ手習に来たんだ」

「いつって、ずっといたよ」

「なんだ、そうだったか。あまりにちっちゃくて、姿が見えなかった」

「駄目だよ、夏の兄ちゃん」

咎める声をだしたのは磯太郎だ。

「人が気にしていることをいっちゃあ」

夏兵衛は鬢をかいた。

「すまんな。俺は昔から口が悪くて」

小吉の頭をなでる。

「すまなかったな、小吉。もういわねえから勘弁してくれ」

小吉が苦笑する。

「夏の兄ちゃん、もう何度同じこと、口にしてるの」

「えっ、俺ってそんなに同じこと、いっているのか」

「いってるよ」

「夏の兄ちゃん、頭、ぼけてきているんじゃないの」

夏兵衛は声の主に目を向けた。明造（あきぞう）が、細い目をさらに細くして笑っている。夏兵衛は心が和み、笑みを返した。

「俺って、ぼけてきているかな」

「まちがいないよ。だって小吉にそういって謝ったの、つい三日前だよ」

「そうだったかな」

「そう、三日前でまちがいないよ」

あとを引き取るようにしたのは正之助（しょうのすけ）だ。

「ねえ、夏の兄ちゃん」

これは女の声だ。

「なんだ、おうさ」

鯛之助たち仲よしの男五人組にいつもまとわりついているのが、このおうさだ。鯛之助たちと同い年だが、この年頃の女の子はやはりどこか大人びて見える。

「ちゃんとご飯、食べているの」

瞳をきらきらさせてきく。顔が小さく、目鼻立ちが整っていて、手習所のほとんどの男の子は、おうさの気を惹きたがっている。

「ああ、食べてるぞ。でもおうさ、どうしてそんなこときくんだ」

「おっかさんがいっていたんだけど、ちゃんと食べないと、頭のめぐりが悪くなるんだって。だからあたし、いつもたくさん食べろっていわれてるの」

「そうか、たくさん食べているからおうさは頭がいいんだな」

「えっ、おうさは頭、よくないよ」

それまで黙っていた鯛之助がいった。

「どうして鯛之助、そんなことというんだ。おうさは手習もよくできるだろう」

「でも、算術が駄目だもの」

おうさが首を振る。

「そんなことないよ」

「そんなことあるって」

「ないもの。少なくとも鯛之助ちゃんよりできるわ」

「そんなことあるわけないだろ、ばーか」

「馬鹿ってなによ」

「まあ、待て」

放っておくと激しくなりそうだったので、夏兵衛はあいだに入った。

「喧嘩（けんか）するほど仲がいいっていうが、二人もそうか」

「夏の兄ちゃん、なにいってるの。どうしておいらがこんなおかめと仲がいいんだよ」

「そうよ、こんなえらそうな男、あたしのほうから願い下げだわ」

夏兵衛はにっと笑った。

「こういうところでも気が合うな」

「気が合うなんて、冗談じゃないよ」

鯛之助がいったが、おうさは無言だ。

ちらりと鯛之助がおうさを見る。なにもいってくれないのが寂しいのだろう。

この二人、好き合っているのかな。夏兵衛は少しうらやましい。

「あのう」

若い女が教場の濡縁のそばに立っている。

「ああ、千乃さん」

夏兵衛は声をかけた。

「なにか」

「和尚さまが庭の仕事をしてもらいたいと申しています」

「またですか」

思わずいっていた。なにしろ庭木の剪定など、手入れをしたのは昨日のことなのだ。

「おいやですか」

千乃が少し悲しげに問う。

「いえ、とんでもない」

夏兵衛はあわてていった。この女の陰らしいものにはどうにも弱い。

千乃は参信の妾だ。浄土真宗は妻帯が許されているが、この寺は異なる宗派だから、女犯は法度だ。だから名目上、千乃は参信の妹ということになっている。参信は高僧らしい風格を漂わせている男だが、こういう生臭いところもある。

もっとも本人は、英雄色を好むとうそぶいている。参信は千乃と一緒に庫裏で暮らしている。

千乃自身、どこか武家の出ではないかと思わせるところがある。千乃が持つ陰は、このあたりに理由があるのかもしれないが、夏兵衛はそのことに触れたことはない。いずれ知ることができるだろう。そんな気がしている。

「じゃあこれでな。気をつけて帰るんだぞ」

夏兵衛は、一瞬にしてつまらなそうな顔になった子供たちにわかれを告げ、本堂の前の庭に出た。

「こんなにきれいにしてあるんだから、当分手入れは必要ないんじゃないのかなあ」

ぶつぶつつぶやいた。

「なんだ、不満でもあるのか」

いきなり背後から声がした。

「とんでもない」

夏兵衛は振り向いていった。一間ほどへだてた回廊の上に参信が立っている。

「喜んでやらせてもらいます」

「それにしては手ぶらだの。これを持て」

下におりてきた参信が剪定ばさみを手渡してきた。

「しっかりやれ」

「はい」

夏兵衛は庭木の手入れをはじめた。もともと本職といっていいから、手慣れたものだ。

「しかし、これでは寺男ではないか」

参信が庫裏のほうに立ち去ったのを確かめてから口にした。

「俺はちゃんと和尚に家賃を払っているんだぞ。居候じゃねえんだ」

夏兵衛は境内に建てられた一軒の家に住んでいるのだ。家といっても、離れみたいなもので、八畳間と台所があるだけだが、一人で住むには十分すぎるほどだ。

「いつかぶん投げてやりてえものだよなあ」

夏兵衛ははさみをつかった。小気味いい音をさせて、松の木の枝が地面に落ちてゆく。

「和尚をぶん投げたら、さぞ気持ちいいだろうなあ」

参信からは手習だけでなく、柔の術も教わっている。

「和尚を投げることができるようになれば、刀相手でも逃げまわることにはならねえんだろうな」

しかし、とすぐに思った。

「あれだけの遣い手相手じゃあ、いくらなんでも丸腰では無理か」

だからといって、今、町人たちのあいだではやっている剣術を習うつもりなど一切ない。今は柔を極めたい。

それに、と夏兵衛は思った。和尚ならあの遣い手相手でも、どう考えても逃げまわることにはなりそうにない。気迫で相手を抑えこみそうだ。

俺もいつかそのくらいになりたい。いや、きっとなってみせる。

四

もう一度、甲州屋に盗みに入りたい。

畳の上に寝ころびながら、夏兵衛は強烈に願った。

だが、警戒はさらに厳しくなっているだろう。あの遣い手は、今度は蔵にすら近づけさせないにちがいない。

もしあの高い塀を越えたら、そのときは確実に斬り殺されるだろう。

まだ生きていたい。二十五では死にたくない。

しかし、と思う。そろそろ金が乏しくなっている。日々を暮らす金ではない。欲しているのは遊びの金だ。

夏兵衛は、遊ぶ金ほしさに盗みを働いているのだ。

今、何刻か。夜は深まり、すでに九つ（午前〇時）はまわっているだろう。

一眠りしたから眠気はない。夜になると、元気が出てくる。闇から精をもらっている感じだ。体が軽くなり、むささびのように飛翔すらできるような気分になってくる。

これだけ気力が横溢しているのなら、甲州屋から今宵こそは千両箱をいただけるような気がしてくるが、やはりやめておいたほうがいいと別の自分が冷静に語りかけてくる。

こういう忠告には、逆らわないほうがいいと夏兵衛は決めている。

とすると、どこにすべきか。

悩むことなどない。商家が駄目なら、武家だ。

よし、行くか。

身なりをととのえる。といっても、庭師のなりに戻るだけだ。懐に手ぬぐいを一枚、忍ばせる。

障子を静かにあけた。寒ささえ覚える夜気が、肌をなぶるように流れこんできた。一つ身震いする。これは寒さによるものではなく、武者震いのようなものだ。

境内は完璧に闇の支配のもとに置かれ、静寂が一の配下として振る舞っている。ときおり風が吹き、梢をわずかに騒がせるのが、静けさにあらがう唯一のものだ。

夏兵衛は雪駄を履き、地面におりた。障子を忘れずに閉める。

境内を早足で歩きだす。足音は立てない。誰にも教えられることなく、こういうすべは身につけた。

俺は、盗人としてこの世に生まれ出てきたのだ。でなければ、どうしてこんな真似ができるといえよう。

山門の前に来た。きっちりと閉じられている。はなから山門を出る気はない。寺をめぐっている土塀はもともとたいした高さではない。

夏兵衛は道におり立った。塀を乗り越える前に道の気配をうかがっているが、当然のことながら、こんな刻限に歩いている者など一人もいない。

巻真寺は牛込改代町にある。寺の西側は小日向村や中里村で、百姓家が多い。手習に通ってくる手習子たちも百姓の子がほとんどだ。

だから、手習の謝儀は青物などを持ってくる者ばかりだ。それを参信はことのほか喜ぶから、持ってくる者たちも気軽になれる。

夏兵衛は東へと歩きはじめた。牛込改代町から牛込水道町に入り、その町並みが切れたところで右に折れた。

右側は牛込築地片町の家々が続き、左側は小禄の武家屋敷が建てこんでいる。牛込築地片町の町並みが終わると右手にあらわれるのは、御先手鉄砲や御持弓などの組屋敷だ。左手は天徳院門前町で、こちらは町屋が連なっている。

夏兵衛がやってきたのは牛込末寺町だ。御先手鉄砲や御持弓の組屋敷の南側に建つ広大な武家屋敷の前で足をとめ、黒々とした影を闇に浮かびあがらせている屋敷を見あげた。ここは、若狭小浜で十万三千石余を領する酒井家の下屋敷だ。

巻真寺とは目と鼻の先といっていいが、別にかまうまい。

見た目は塀も高く、入りにくそうに見えるが、警戒は薄い。それは肌に伝わってくる。懐から手ぬぐいを取りだし、ほっかむりをした。造作もなく塀を越え、敷地内に侵入する。

さすがに広い。泉水の音がきこえてくる。秋の最後の虫のか細い声を黙らせつつ、母屋に近づいた。

女ばかりの奥向きには警戒する者がほとんどおらず、忍びこむのは実にたやすい。これなら大奥もさしたるものではないのではないか。それとも天下の千代田城だ、やはり大名家の下屋敷とはちがうのか。

この下屋敷に、妻子に会うために殿さまがやってきているのなら警戒は厳重を極めるのだろうが、今、殿さまは若狭に帰国中だ。

人の気配は、屋敷の者が死に絶えてしまったように、まったく感じない。

このあたりでいいかな。

濡縁にあがり、障子の向こうの様子をうかがう。

障子に手をかける。待ち構えている者などいないのはわかっているにもかかわらず、このときが最も緊張する。手のひらに汗がわきだしてくる。

ほんの二寸だけ障子をあけ、片目で部屋のなかを探る。

昨夜と同じで、どんなときでも目は闇を見通すことができる。こういうところにも、盗人として生まれてきたのがはっきりとあらわれている。

案の定、部屋に人はいない。八畳間だ。家財らしい物はなにも置かれていない。闇だけが主のように居座っている。

夏兵衛は部屋に入りこみ、うしろ手ですばやく障子を閉めた。

襖を横に滑らせ、次の間に入りこむ。ここも無人だが、文机と小箪笥が置かれていた。

文机の引出しをあけ、次に小箪笥の扉をひらいた。

笑みが浮かぶ。小判や二分金などが無造作に入れられている。

数えてみると、全部で八両ばかりあった。さしたる大金とはいえないが、今夜の収穫としては十分だ。百両ものお宝を期待していたわけではない。

ほっかむりを取り、手ぬぐいに金をしまい入れた。きっちり結び、懐に重みを持った手ぬぐいを入れる。

出よう。

夏兵衛はきびすを返した。

おや。

障子をあけ、濡縁におりようとして動きをとめた。今、なにか色っぽい声がきこえてこなかったか。

耳を澄ませる。あのときに発する女の声に思えた。

地蔵と化したように動かずにいた。

またきこえた。まちがいない。どこかこの近くで誰かがむつんでいるのだ。下屋敷の奥向きだから、男はまずいない。となると、女同士だろうか。噂にはきいているが、これまで目にしたことはない。

期待に胸を躍らせて、声のするほうに近づいていった。

金を取った部屋から、奥に向かって五つの襖をあけた。声はよそに漏れないように抑えているようだが、人一倍、きき取る力がある夏兵衛の耳にははっきりと届く。餌のありかにたどりつく蟻（あり）のように、夏兵衛はか細い声を頼りに進んでいった。

ここかい。

足をとめたのは、あまり上等とはいえない襖が設けられている部屋の前だ。廊下の突き当たりで、どうやら布団部屋のようだ。

このなかから忍びやかな女の声がする。襖をあけたら、いくら夢中になっているといっても気づかれるだろう。

夏兵衛は顔をあげ、暗い天井を見た。

天井裏にめぐらされた梁を伝い、布団部屋の真上までやってきた。天井裏は苦手だ。なにしろ鼠の住みかといっていいところなのだから。

あえぎ声は相変わらず続いている。夏兵衛は天井板をずらし、下をのぞき見た。

真っ暗ではない。燭台に明かりが灯されている。

おっ。

思わず目をみはった。

一人は若い女だ。着崩れてはいるが、身なりからして腰元かもしれない。馬乗りになる形で、激しく腰を振っている。

下になっているもう一人は誰なのか。目を凝らす。

どうやら女ではないようだ。顔が見えた。

四十はすぎていると思える男だ。髷の形は侍のものだ。この屋敷に奉公する者にちがいなく、きっと奥に近い侍なのだろう。

二人は互いをむさぼり合っており、天井裏の夏兵衛には一向に気づかない。その夢中さがうらやましかった。

ああ、由岐に会いてえなあ。抱きてえなあ。

夏兵衛は二人から視線をはずして思った。

ふと、すぐそばの梁の上になにかが動いたのに気づいた。

げっ。

一匹の鼠がじっと見ている。俺の縄張になにしに来たといわんばかりにしているように見えた。

下の布団部屋に緊張が走ったのを、夏兵衛は覚った。天井板をのぞき見る。

刀を手に、侍が見あげていた。いきなり抜刀し、切っ先を突きあげてきた。

天井板の隙間を抜けてきた切っ先は、夏兵衛の頬をかすめた。針でも突き刺されたような痛みが走る。

まずいぞ。

下にいるのは意外な遣い手だ。

夏兵衛は犬のように四つん這いの姿勢で、梁の上を走りだした。

侍が追ってくるのがわかる。あたりをはばかってか、声は立てない。すり足で廊下を進んでいるようだが、足は相当はやい。

夏兵衛は外に向かって必死に進んだ。あと少しで出られるはずだ。

だが、いきなり梁から足がはずれ、天井板に膝をついてしまった。音を立てて天井板が割れる。

下から女の悲鳴がきこえた。どうやら気づかないうちに腰元が寝ている部屋の上まで来たようだ。

腰元たちが眠りから目覚めはじめ、悲鳴や叫び声などの騒ぎが大きくなるにつれ、侍の追ってくる気配は消えた。

助かった。

だが二日続きでへまか。俺も焼きがまわったものだな。

吐息する。

夏兵衛は腰元たちの騒ぎを尻目に、酒井家の下屋敷を抜け出た。

道を駆けつつ懐を確かめる。手ぬぐいに包まれた重みは確かにそこにあった。

五

あの盗人野郎はいったい何者なのか。

岡っ引の伊造は常に考えている。

江戸の町にあらわれたのはおよそ二年前。いきなり油問屋の蔵を破り、百両を奪った。以来、二十二回の盗みを繰り返している。

はっきりしているのがその回数で、あるいは盗られたことに気づかない商家もあるかもしれないし、武家屋敷にも忍びこんでいるかもしれない。

とにかく錠前破りが鮮やかだ。よほど手先が器用にできているのだろう。そういう手先をよくつかう職人を目当てに、豪遊しているような男を捜し求めたこともあるが、例の盗人と思える男にはいまだに出合っていない。

千両箱を盗もうとしたのは今回の甲州屋がはじめてだが、このことに意味があるのか。

千両を懐にすることで、盗人稼業をおしまいにしようと考えたのか。千両もあれば、この先なにがあろうと十分に食べていける。

話にきく身ごなしから、若い男であるのはわかっている。だが江戸には男が多い。ほかになにか特徴をつかむことができなければ、なんの足しにもならない。

腹が減ったな。

伊造は空を見あげた。透き通った青空が、江戸の町をすっぽりと覆っている。振り返ると、富士の山も見えていた。すでに雪をたっぷりとまとっている。

きれいだな。

思わず声が出た。富士山を眺めると、どうしてこんなに気持ちが落ち着き、和むのだろう。江戸に住む者すべてに通ずる思いにちがいない。

こういう天気なら古傷が痛むことはない。ただ、これから冬がもっと近づき、寒さが増すにつれ、古傷が絶え間なく痛みだす。

それを考えると、冬の訪れは歓迎したくない。こういう穏やかな天気がずっと続いてほしい。

それよりも、どこで空腹を満たすべきだろうか。

ああ、なんだ、この町かい。

常に目にしている慣れた風景が目の前に広がっている。いつしか住みかのある本郷菊坂田町（きくざかたまち）に帰ってきていた。

それなら清水屋（しみずや）にするかい。

伊造は歩みを進め、半町ほどで立ちどまった。

こぢんまりとした一膳飯屋だが、昼をだいぶすぎているのに客で一杯だ。誰もが満足そうな顔をして、飯をほおばっている。

この店をまかせているおりんには、米を惜しむなといってある。腹一杯食える、ということがなにより大切だと伊造は考えている。

伊造は柔和な顔をつくった。この町で伊造が十手持ちであることを知っているのは、町名主をはじめとしてわずかな者でしかない。ほとんどの者が、店を娘にまかせて悠々自適の身の隠居と思っている。歳を考えれば、それは決して不自然ではなく、うまい隠れ蓑になっていると思う。

「ごめんよ」

伊造は、ほんのりとやわらかな風に揺れている暖簾を払った。

「いらっしゃいませ」

元気のいい女の声が浴びせられる。これはおりんではなく、おりきという近所のおばさんのものだ。

「あら、ご隠居、いらっしゃい」

伊造はにっと頰に笑みを浮かべた。こうすると、人がよく見えることを知っている。

「ああ、おりきさん、いつも元気がよくてうらやましいな」

「あら、ご隠居だって元気じゃないですか。いつもいつも散歩されていて」

「散歩しているのは、ほかにすることがないからだよ」

伊造は店内を見渡した。五つの長床几(ながしょうぎ)が置かれた土間に十畳の座敷があるだけの店だ。座敷は一杯で、長床几もすべて埋まっていたが、伊造が入ってきたのを見て、ちょうど飯を食い終わった客が長床几をあけてくれた。

「ご隠居、こちらにどうぞ」

近所に住む居職の職人だ。けっこう歳はいっているが、江戸の男の多くがそうなように独り身だ。清水屋のおなじみさんといっていい。

「こりゃすまないね、由宇太郎さん」

「いえ、いつもおいしいご飯をたらふくご馳走になって、お礼をいうのはこちらのほうですよ」

由宇太郎はおりきに代を払って、出ていった。

「今日はどちらまで行ってらしたんですか」

長床几に伊造を導いて、おりきがきいてきた。ふっくらしすぎた頰のため、笑うと目が肉のあいだに隠れてしまう。よく肥えていて、二本の足はまるで太い丸太のようだ。

「そんなに遠くはないよ。上野のほうだよ」

「上野ですか。あたしには遠いですねえ」

おりきが顔をのぞきこんでくる。

「ご隠居、今日はなにを召しあがりますか」

「そうだね、魚が食いたいな」

「でしたら、鯖のいいのが入っていますよ。さすがにおりんちゃんで、変なものは一切つかまされないですからね」

　おりきがいうように、娘の魚を見る目は確かだ。これは伊造というより、死んだ母親に似たのだろう。

「塩焼きかい、味噌煮かい」

「どちらもおいしいですけど、あたしのお勧めは味噌煮ですね」

「じゃあ、そいつをもらおうか」

「承知いたしました」

　注文を通しにおりきが厨房に向かう。そこでは、激しくのぼる煙を体に巻きつけるようにしておりんが忙しく立ち働いている。

　自分でいうのもなんだが、おりんはしっかり者だ。このあたりも母親に似たのだ。これだけ繁盛している店を、まだ十九の若さでおりきと二人して切り盛りしているのだから、たいしたものだ。

　男として生まれたら、どんなによかったかと思う。

　伊造にせがれがいないことはない。二十四の年男だが、こちらは駄目だ。

　実際、清水屋をまかせているのはおりんではなくせがれなのだが、今もどこかに遊びに行ってしまっているようだ。今どこにいるのか、おりんも知らないだろう。

いや、知っているのかもしれないが、おりんは兄が好きで、いつもかばう。

「お待たせしました」

おりきがやってきて、手にしている四角い盆をそのまま長床几に置いた。

「本当にうまそうだね」

大ぶりの鯖で、皮がつやつやしている。とろりとした味噌がいかにも合っていそうだ。唾がわいた。

「おいしいですよ。ごゆっくりどうぞ」

伊造は箸を取り、食べはじめた。

とにかく脂がうまい。やや辛めの味噌と相性抜群だ。大盛りの飯も粘りがあって甘く、今朝炊いたとは思えない。いい米をつかうようにしているのは確かだが、おりんの炊き方がうまいのだろう。このあたりにも母親の影響が出ている。

満足して伊造は箸を置いた。その頃になると、客はようやく少なくなってきて、座敷にもちらほらと空きが見られるようになった。

伊造は立ち、厨房に行った。おりんは、おりきに食べさせる賄いの支度をしているようだ。鯖の塩焼きの身をほぐし、丼に盛りつけている。そのあと海苔を散らし、茶漬けにでもするのではないか。

うまそうだ。食べたばかりなのに、伊造は食い気が腹の底からわいてきたのを感じた。

「おとっつあん、どうだった」

手をとめずにおりんがきく。

「うまかった」

おりんが目をあげ、じっと伊造を見る。

「本当みたいね」

「当たり前だ。娘に世辞をつかってどうする」

「よかった」

おりんは無邪気に喜んでいる。

それにしても、と伊造は思う。相変わらず器量よしだ。鼻筋が通り、すっきりとした頰の線も美しいが、それよりなによりも切れ長の目がとにかく美しい。濡れているように見え、自分の娘ながらどきりとさせられたことが何度もある。これからも驚かされ続けてゆくのだろう。

いったいこんな娘をどこの誰が嫁にするのだろう。江戸一の幸せ者ではないか。

いや、それは親馬鹿にすぎるか。

「おとっつあん、なにを笑っているの」

伊造は顔を引き締めた。

「笑っていたか」

「ええ。笑うというより、にやついている感じかしら」

「おまえがあまりにきれいなんでな、うれしくて笑ったんだ」

おりんは照れてうつむいた。すぐに顔をあげて、おりきを見る。

「おばさん、これ」

丼を手渡す。

「少しお醬油を垂らして、それから熱いお茶をかけてね」

「ありがとう、おりんちゃん、すごくおいしそうね」

おりきが厨房の奥に置かれた樽に座り、おりんにいわれた通りにした。箸をつかいはじめる。

「おいしいわよ」

それを見届け、伊造は低い声でたずねた。

「おりん、兄ちゃんがどこに行ったか、知っているか」

おりんが困ったような顔をする。知っているが、教えたくはないという表情だ。

「おとっつあん、また兄ちゃんを叱るの」

伊造は苦い顔をした。

「叱りたくはねえが、おまえに店をまかせきりで遊びほうけているのは許せねえ」

「でも、店はちゃんとまわっているんだからいいじゃない」

「よくはねえ」

伊造は厳しい目をつくった。

「この店のあがりで、あいつは遊びまわっているんだからな」

「おとっつあん、そんなに怖い顔、しないでよ。ばれるわよ」

ささやくようにいわれて、伊造はおりきをうかがった。おりきは幸せそうに丼を手にしている。

「ねえ、おとっつあん」

「なんだい」

伊造は穏やかに答えた。

「兄ちゃんに跡を継がせる気なの」

正直、伊造は迷っている。せがれは大酒飲みで博打に凝り、女を抱かせる店に足繁く通っている。性根が小ずるい。

だからとてもではないが、岡っ引などつとまるはずがない。

だが今のせがれは、若い頃の伊造とまったく同じことをしているのだ。伊造はそれで身を持ち崩し、悪の道に入った。

それで町奉行所の同心の手にかかり、その後、岡っ引になった。

せがれは町奉行所の世話になるほどの悪人ではない。そこまで悪くなれるほど度胸が据わっていないのだ。

「どうするかな、わからねえ」

伊造は答えようがなく、いつものように言葉を濁すしかなかった。

六

しかし、どこにも遣い手っていうのはいやがるものだなあ。

歩きながら夏兵衛は思った。

あれだから、侍ってのは油断がならねえんだよな。

盗人稼業をしていて命を落とすのは、ああいうふうに遣い手に出合ってしまったときなのだろう。侍はとにかく容赦がない。太平の世が長く続き、刀を抜けない侍が増えたというが、抜刀するどころか人を斬ることに躊躇(ちゅうちょ)しない侍は今でも数え切れないほどだろう。

こうして生きていられるってことは、と夏兵衛は思った。運がよかったってことにすぎない。運のつかいすぎはいけないのはわかっている。肝心なときに運をつかい果たしてしまっているなんてことは、避けなければならない。

とにかく今日も一日が終わったなあ。

夏兵衛は巻真寺で終日おとなしくすごした。参信にいわれて庭木の手入れもしたし、庭の掃除もした。参信は午後の手習のあと、お経をあげに檀家に行ったが、夏兵衛はなまけるようなことはせず、忠実に仕事をこなした。

参信の目があるから一所懸命に仕事をし、なければ仕事をしないというのは性に合わない。陰日向なく汗水垂らすのが、男であるとなんとなく思っている。そうすることで、運も上向いてくるのではないか。

すでに夕餉(ゆうげ)はとった。巻真寺のそばにある一膳飯屋だ。味はそこそこで、値も安いから重宝している。あれで色っぽい娘でもいればもっと通ってもいいのだが、店を切り盛りしているのは年老いたばあさんとじいさんだけだ。

たまに参信に招かれ、庫裏で千乃の料理を振る舞われることはあるが、外で食べるよりも自分でつくって食べることが多い。

それが面倒くさいときは外に出る。今日はそういう日だった。寺近くの一膳飯屋だけでなく、江戸は飯を食べさせてくれる店にこと欠かない。独り身の男にとっては、とてもありがたいことだ。

食い物だけでなく、女を抱かせる店もまた多い。

今、夏兵衛が向かっているのはそういう類の店だ。女が春をひさぐのは法度なので、表向きはそんな看板を掲げているわけではないが、夏兵衛が気に入っている女がその店にはいる。

由岐という女だ。昨夜、若狭小浜酒井家の下屋敷に忍びこんで男女のむつみ合いを目の当たりにしたとき、面影を思いだしたのは由岐のことだった。

鮮やかな夕焼けが西の空を染め、残照もしばらくのあいだ名残惜しげに滞っていたが、すでに日は暮れ、江戸の町には闇が満ちている。あたりには家路を急ぐ出職の職人の姿がちらほら見えているが、それ以上に酔客の姿が目立ちはじめている。

提灯(ちょうちん)をぶら下げた夏兵衛が歩を進めてきたのは、小石川諏訪町(こいしかわすわちょう)だ。この町の由来となっている諏訪社が町の北側にあるが、まだ一度も鳥居をくぐったことはない。運というものは信じているが、神さまというものに対してはほとんど信仰心がない。

路地を入り、町の奥に進む。どこからか三味線の音がきこえてきた。魚を焼いたり、煮たりしているにおいも漂ってくる。ほかにも山鯨かなにかを焼いているような、香ばしい香りもしてきている。

こういう雑多な感じが、夏兵衛にはたまらない。夜のとばりが完全におり、自分のときがやってきたことを強く感じる。

今夜はむろん、盗人働きをするつもりはない。由岐を抱きに来たのだ。足をとめたのは、北側に諏訪社の本殿の屋根が影となって見えている場所だ。目の前に煮売り酒屋が建っている。

鴨下（かもした）と大きく墨書された赤提灯が軒下に下がっている。一階はただの飲み屋で、二階で女を抱かせているのだ。

店ははやっている様子だ。大勢の酔客が入っているのがわかる。ただ、誰も静かに酒を飲んでいる。騒いだりすると、店の主人であるおれんばあさんに怒鳴りつけられ、出入りがとめられてしまうからだ。

おれんが客が騒ぐのをいやがるのは、喧嘩を起こして、町方がやってくるのが怖いからだろうと夏兵衛は思っている。

抜け目ないおれんのことだから町方には十分な鼻薬を嗅（か）がせてあるのはまちがいな

いが、その手の薬が効かない堅物というのはどこにでも必ずいるものだ。騒ぎを起こさないにしくはないのだ。

「ごめんよ」

夏兵衛は暖簾を払った。相変わらず小さな店だ。土間には長床几が三つ置かれ、あとは小あがりの座敷が二つあるだけだ。十人も入れば一杯になってしまう店だが、今、十五、六名の客が酒を飲んでいる。誰もほとんどが顔見知りで、体を押しつけ、顔を寄せ合うようにして杯を傾け、肴(さかな)をつまんでいる。

「いらっしゃい」

おれんが無愛想な声音でいった。夏兵衛は、うんと返した。奥の厨房ではおれんの旦那の鶴兵衛(つるべえ)が肴をつくっている。おれんも無口だが、鶴兵衛はそれ以上に口をきかない。口のきき方を忘れてしまっているのではないかと思えるほどだ。いつも肴をつくることに専念している。

しゃべれないわけではない。客が代金を払う際、いくらなのか告げはするからだ。

「おう、夏さんじゃないか」

奥の小あがりで手をあげたのは豪之助(ごうのすけ)だ。

「今夜も来ていたのかい」

夏兵衛は笑みを浮かべてきいた。

「当たり前だよ。もう昼間っからやってきていたさ。一番乗りだよ」

「そうなのか」

「もうお気に入りとは相手をしてもらって、今は休んでいるところさ」

「そいつはうらやましいな」

豪之助の気に入りはお里（さと）という女だ。器量は十人並みだが、色が白い。豪之助はとにかく色白が好みなのだ。

右手の階段から客がおりてきた。

「一造（いちぞう）さん」

おれんに呼ばれ、豪之助のそばにいた客が立ちあがった。頬を輝かせている。順番がまわってきたのがいかにもうれしげだ。

「お待たせ。おみきちゃんがお待ちだよ」

ありがとうといって、一造という男は階段をのぼってゆく。あいた場所に夏兵衛は腰をおろした。

「まあ、一献」

豪之助が酒を勧めてくる。

小あがりの端に、杯が山と入ったざるが置かれている。夏兵衛はそのなかの一つを手に取り、豪之助のちろりを受けた。

杯を口に運ぶ。とろりとした旨(うま)みが口中一杯に広がる。ここは料理もおいしいが、酒も吟味されている。

「うまいなあ」

思わず額を叩きたくなる。

夏兵衛はちろりを手にし、豪之助に注ぎ返した。

「すまねえ」

豪之助が一息に杯を干した。

「うめえ」

音をさせて杯を畳の上に置く。

「酒ってのは何杯飲んでも飽きないねえ、夏さんよ」

「まったくだ」

豪之助は酒に強い。いくら飲んでも潰(つぶ)れることがない。このあたりは夏兵衛とはちがう。夏兵衛は飲みすぎると、すぐに寝てしまうのだ。

「夏さん、お目当てはお由岐さんかい」

「まあね。いるかな」

夏兵衛の唯一の不安はこれだった。この店までわざわざやってきても、由岐はいないことが多いのだ。

「夏さん、そんなに不安そうな顔、しなくてもいいよ」

豪之助にいわれ、夏兵衛はおのれの目が輝いたのがわかった。

「じゃあ？」

「いるよ。夏さん、うれしそうだね」

豪之助は気がいい。まるで自分のことのように喜んでくれている。

しばらく豪之助と飲み続けた。豪之助は遊び人ふうだが、なにをしている男なのか、正体を明かさない。

もっとも、それは夏兵衛も同じだ。なにを生業（なりわい）にしているか、どこに住んでいるかなどを話したことはない。

夏兵衛は、豪之助が何者だろうとかまわない。豪之助も同じように考えているだろう。

豪之助が先に二階にあがってゆき、その四半刻後、夏兵衛の番がきた。胸が痛いほどに高鳴る。

二階には、客のために三部屋が用意されている。夏兵衛はまんなかの部屋に入った。

「こんばんは」

夜具のそばに正座している由岐が挨拶してきた。

「久しぶりだね」

夏兵衛はあぐらをかいた。豪之助が贔屓にしているお里ほどではないが、由岐も色が白い。由岐という名が本名であるはずがないが、その呼び名は雪のような肌の白さからきているのではないかという気がしてならない。前にたずねてみたものの、由岐は笑っただけで打ち消すこともうなずくこともしなかった。

それにしても、由岐は美しい。眉と唇が薄く、鼻もさして高くない。目も大きくなく、むしろ細いほうに入るだろう。

特徴だけあげてゆくと、とても美しいなどといえないのだが、まとまりがいいというのか、男の心を惹きつける顔立ちをしていると思う。特に愁いを含んだような眼差しが、夏兵衛にはぐっとくる。

憂いというより陰というべきものなのかもしれないが、どう見ても春をひさぐという商売が似合わぬこの女の裏に、いったいなにがひそんでいるのか、それを確かめたいという欲求が夏兵衛のなかにある。

それがためにこうして足繁くこの店にやってきているのだし、この女に会う金をひねりだすために盗人働きをしているのだ。

由岐は決して安くない。だから、この店にやってくる客のなかでは、由岐を買う者はそう多くない。

できるならば由岐を独り占めしたいが、さすがにそういうわけにはいかない。多くはないといっても、由岐を目当てにしている客はほかにもいくらでもいる。今宵だって、由岐は何人の客に抱かれたものか。

由岐には、どこか人の妻が金を稼ぎに来ているというような感じがある。眉を落としていないことから人の妻であるというのはまずないだろう。

しかし、なにかわけがあって由岐はこういう商売をしているのだろう。由岐にはっきりときいたわけではなく、夏兵衛の直感というべきものだが、おそらくこの思いにまちがいはない。

由岐の酌で少しだけ酒を飲んだが、そんなときも惜しい夏兵衛は杯を空にするや由岐を夜具に押し倒すようにした。

由岐はかすかに声をあげた。その声が芝居なのか本気なのか夏兵衛にはわからないが、とにかく胸が高ぶった。

由岐の着物をはだける。着やせするたちで、意外に豊かな胸があらわになる。

「……お由岐さん」

そうつぶやいて、夏兵衛はいつものように白い肌に溺れていった。

七

「行ってらっしゃい」

娘のおりんの見送りを受けて、家を出た途端、朝日が目を打った。伊造は目を細めて、下を向いた。

今日はいい天気になりそうだ。昨日が鮮やかな夕焼けだったから、この天気は予期できたことだが、よく晴れている分、朝はかなり冷えこんだ。息が白い。風も冷たい。秋はもう半分以上、季節を冬に明け渡しつつあるようだ。

「まったくあの馬鹿、どこに行きやがったんだ」

家を離れて少ししてから、伊造は苦々しげに吐き捨てた。せがれの豪之助のことだ。昨夜は結局、家に戻ってこなかったのだ。どこか淫売宿にでもしけこんだのか。

それとも、どこか馴染みの飲み屋の女のところにでも転がりこんだのか。

意外だが、やつは女にもてるのだ。頼りない男を女は放っておけないときくが、せがれの例を見ている限り、それは真実だろう。

でなければ、いいところがまるでないあのせがれの世話を、どうして女が焼くというのだ。

いずれ豪之助は、女に寄りかかる暮らしにどっぷり浸かってしまうのではないか。

となるとやはり、と思った。わしの跡を継がせるわけにはいかねえな。

北町奉行所同心の滝口米一郎も、あんな役立たずに手札を預けても途方に暮れるだけだろう。

それでよかろう。

伊造はむしろ気分がすっきりした。

これまで十手持ちということで、命を狙われたことは数え切れないほどある。考えてみれば、豪之助にそんな危ない橋を渡らせたくはない。出来が悪いといえども、血をわけたせがれなのだ。

わしだからなんとか綱渡りができたが、豪之助では命がいくつあっても足りなかろう。まだ若い身空で、命を散らせるわけにはいかない。

もしそんなことになれば、死んだ女房が怒ってあの世からやってくるかもしれない。なにしろ、豪之助のことは、ことのほかかわいがっていたのだから。

それでもいいから、女房に一目会いたい。だからといって、豪之助を死なせるわけにはいかない。

伊造は歩き続けた。朝がはやいために、町は大勢の者が行きかっている。出職の職人、大工、物売り、商人、侍、それからなにが楽しいのか歓声をあげて走っている小さな子供たち。

遠ざかってゆく甲高い声をきいて、伊造はなんとなく豪之助の小さな頃を思いだした。

生まれたときからよく泣いていたが、十をすぎても泣き虫は変わらなかった。近所の子供にいじめられては泣いていた。

長じてからは泣かなくはなったものの、泣き虫であることは変わっていないだろう。泣き虫の種を真綿でくるんだようなもので、真綿が取れてしまえばすぐに種は姿をあらわし、芽をだすだろう。

伊造は足をとめた。道の左手に、江戸八十八ヵ所の三十二番目の札所である円満寺(えんまんじ)が見えている。ここは湯島(ゆしま)一丁目だ。

おっと、店はどこだったかな。

来慣れた道だが、せがれのことを考えているうちに、何度も足を運んだことのある円山（えんざん）という蕎麦屋（そばや）の場所を思いだすのに手間取った。

ちっと心のうちで舌打ちする。本当に歳を取っちまったもんだぜ。

円山は右手の路地を入った、突き当たり近くにある。町屋は軒を並べて建っているが、そういう喧噪（けんそう）が届かない店だ。

伊造は円山の前まで足を運び、暖簾がかかっていない店先を見つめた。店がはじまる刻限には、まだ二刻ほどある。

「ごめんなさいよ」

伊造は、半分あいている入口からなかに声をかけた。

「ああ、ご隠居さん」

円山の女将が土間の掃除をしていた。女将はおみなといい、伊造が岡っ引であるのを知っているが、ここでも正体が他の者にばれないように気を配ってくれているのだ。

「もういらしていますよ。二階にどうぞ」

「ありがとう」

伊造は階段をあがり、廊下に出た。廊下をはさんで、二つの座敷が向き合うようにしている。その右側の襖があいていた。

伊造はそちらをのぞきこんだ。同心の滝口米一郎が欄干に腰かけて、外を眺めていた。刀架に刃引きの長脇差が置かれている。

「失礼いたしやす」

伊造は敷居際で一礼した。

「おう、伊造、来たか。入ってくれ」

伊造は敷居を越え、襖を閉めた。米一郎が座敷の中央にあぐらをかく。

「座ってくれ」

伊造は正座した。

「膝を崩してもらってもかまわんが、伊造は決してそんなことはせんな」

「ええ、まあ」

「律儀でけっこうなことだ」

女将のおみなが茶を持ってきてくれた。

「ありがとう」

米一郎が礼をいうと、おみなはにっこりと笑みを返して出ていった。

「いい女だな」

米一郎がゆったりと笑っていう。

「ええ、まったくで」

「あれで寡婦というのはもったいないな」

伊造は米一郎を見つめた。

「なんだ、その目は？」

「いえ、なんでも」

米一郎が湯飲みを取りあげ、口に運んだ。背筋がのび、姿勢が実に美しい。

米一郎が剣の遣い手という話はきいたことはなく、長脇差を振るう場面を目の当たりにしたこともないが、あるいは達人なのかもしれない。そう思わせるところが、この若い同心にはある。

米一郎が湯飲みを茶托に戻す。

「伊造、俺が世話をすればいいと思っている顔だな」

「ええ、まあ」

米一郎は二十九だが、独り身だ。二年前、五年連れ添った内儀を出産のときに失っているのだ。血がおびただしく流れ、子も助からなかった。

「そいつはまだ考えずにおくことにしよう」

まだご内儀を忘れられないんですかい、と問おうとして伊造はやめた。当然のことだからだ。しかし、米一郎の口調から満更でもないのがわかり、内儀のことが少しは薄れてきているのを知ってほっとした。やはり死んだ者に縛りつけられるのは、生きている者として悲しいものがある。

自分もまだ女房に会いたいなどと思ってはいるが、女房のことを忘れている瞬間が多くなってきている。

それはきっと仕方ないことなのだろう。

「いただきます」

伊造はいって茶を喫した。苦みと甘みが混じり合い、口中をさわやかにしてくれる。気持ちもすっきりした。

米一郎が軽く咳払いした。

「さて、茶を飲んで落ち着いたところで、朝はやくから呼びだした用件をいっておこう」

伊造は軽く身構えるようにした。

「そんなにかたくなる必要はない。さしたる用件ではないんだ」

しかし伊造は姿勢を崩さない。

「伊造、今、江戸では事件らしい事件は起きておらぬな」

「ええ、殺しは起きていませんし、押しこみなどの凶悪なものも別に。せいぜい例の盗人くらいだと思います」

「伊造は、なんとしてもその盗人をとらえたいと思っているようだな」

「ええ、まあ。なんというか小憎らしいんですよ。とらえて、どんな男か面をじっくり拝みたいんです」

「それは、盗みに入るところを選んでいるというのもあるのであろう？」

「ええ、さようです」

鼠苦手小僧は、買い占めや値上げなどで庶民に悪名高い商家しか狙わないのだ。なんとなくそのあたりに盗人としての矜持が感じられる。そのために、町人に人気がある。

町人に金を配るようなことはしないのだが、配られた金を懐に入れては庶民が罰せられることを知っているから、あえてやらないのではないか、と思わせるところもある。

だからといって、伊造に鼠苦手小僧を許すつもりは一切ない。盗みなど、どんな理屈があろうと道理になりはしないのだ。

「伊造、これまで例の盗人は武家屋敷にも入ったことがあると思うか」

「ええ、あると思います。滝口さまを前にこういってはなんですけど、悪さをしている武家はいくらでもいるでしょうから」

米一郎が深くうなずく。

「その通りだ。権力を握っている分、武家の悪さというのは始末が悪かろう」

少し身を乗りだし、声をひそめた。

「一昨日の晩、盗みに入られた武家屋敷がある」

それがどこかはきいてならないのだろう。必要なら米一郎はいうはずだ。

「俺が頼みつけとなっている、とある大名家の下屋敷だ」

頼みつけ、というのは代々頼みともいい、町奉行所内で担当している大名家のことだ。大名家は参勤交代で国元から大勢の家臣が江戸にのぼってくる。その者たちが江戸で騒ぎを起こしたり、場合によっては罪を犯したりしたとき、ことを公にせず、うまくおさめてくれることを期待して、付け届けをする者を決めておくのだ。

滝口家は外様の大大名が頼みつけとなってこそいないが、以前からそこそこの大名をいくつか担当している。

「盗みに入られたことを、お留守居役が滝口の旦那に知らせてきたんですかい」

「まあ、そうだ」

「よほど大事な物を盗まれたんですかい」

「いや、金子を十両ほどだそうだ」

「たったそれだけとは申しませんけど、正直届けをだすほどの額ではありませんね」

「俺もそう思う」

だいたい武家は盗みに入られても体面を重んじ、届け出ることなど滅多にないのだ。盗みに入られたこと自体を恥と考えるからだ。

「それがまたどうして」

「お留守居役が申すには、姫の婚儀を前になにかと入り用、十両くらい惜しくはないが、なんとも口惜しい、是非ともとらえてほしいとのことだ」

「はあ、さようですか。いわれずともとらえますが」

「まあ、よろしく頼む」

「承知いたしました」

これだけで呼びだしたわけではないだろうと思ったら、案の定だった。

「伊造、実はもう一つあるのだ」

湯飲みを空にしてから、米一郎がゆったりと口をひらいた。

「はい、なんでしょう」

「こちらは寺社方の支配のことゆえ、あまりしゃかりきになる必要はない。心にとどめておいてほしいと思っている」

伊造は黙って耳を傾けた。

米一郎がいうには、僧侶が一人、行方知れずになっているとのことだ。

「僧侶の名は道賢（どうけん）、寺は本累寺（ほんるいじ）という」

「行方知れずというのは、かどわかされたんですかい。それとも、自ら姿を消したんですかい」

「そいつはまだわかっておらぬようだな。寺社方から、町奉行所に合力の要請があったようだ」

「道賢さんというのは、えらいお坊さんなんですかい」

「徳のある僧侶であるのはまちがいないようだな」

寺社方が町方に探索の要請をしてくるのは珍しいことではない。寺社奉行というのは大名職だが、町奉行所のように探索をもっぱらにする者はいないのだ。大名家の家臣がそのまま寺社奉行所の者として働くから、無理もないことだ。

「承知いたしました。探索の最中、常に気にとめておくようにいたします」

米一郎が深く顎を引く。

「うむ、よろしく頼む」

八

ああ、会いてえなあ。

畳の上に大の字に寝っ転がって夏兵衛は思った。

天井に、昨夜抱いたばかりの由岐の顔を思い浮かべる。

やわらかで、気持ちよかったなあ。吉原あたりでしかつかわれない上質の布団というのは、ああいう感触をいうんじゃねえのかな。

夏兵衛はまた抱きたくてならない。

しかし、またいつ会えるものなのか。

昨夜、次はいつ鴨下に来るのかきいてみたが、由岐は答えなかった。由岐自身、わかっていない様子だった。

由岐がなにかわけありの様子で、金を稼ぐためだけに春をひさいでいるのだろうというのはわかっている。つまり、昨夜の稼ぎをつかい果たすまで鴨下には姿を見せないというわけだ。

いったいなにをしているのか。なにをしているにしろ、つまりはときがほしいということなのではないか。

金を稼ぐために身を売るが、妾奉公をしようとは思わないのだ。それだと、ときが自由にならないからにちがいない。

力になりたいと思うが、今の自分にできることはない。金ならなんとかできるような気がするが、由岐のほしいものは金ではない。

今日、巻真寺は静かだ。手習が休みで、子供たちの姿がないからだ。子供たちには、一緒に遊ぼうよと誘われたが、今日はその気にならず、断った。鯛之助たちがせっかく寺に来てくれたのだから胸が痛んだが、由岐のことを考えていたい。

住職の参信も檀家にお経をあげに行っており、庭仕事を命じられることもなかった。

夏兵衛は目をつむった。庭に面している障子があけ放され、そこから入る風は冷たさすら帯びているが、体が熱を持っている感じで、むしろ心地よい。

夏兵衛はとろとろと、眠りとうつつのあいだをたゆたっていた。

しばらく眠っていたようだ。誰かに呼ばれたような気がして、目覚めた。

庭に誰か立っている。

「夏さん、起きた？」

参信の妾の千乃だ。

「千乃さん」

夏兵衛は上体を起こした。

「和尚が帰ってきましたか。庭仕事をしろといっているんですか」

「いえ、和尚さまはまだですよ」

だったらどうして千乃が来たのだろう。まさか俺を寝床に誘うつもりではあるまいな。

「お客さまですよ」

「客？　誰です」

千乃が横を向いた。

「どうぞ、いらしてください」

誰かを手招く。

夏兵衛は立ちあがり、庭をのぞき見た。

あらわれたのは小柄な女だった。

「おっかさん」

母親のおのぶがにっこりと笑った。しばらく会わないうちに、目尻のしわが増えたような気がして、夏兵衛の胸は痛んだ。

増えたしわの何本かは確実に俺のせいだ。

「どうしたの」

おのぶにきかれた。

「どうしたってなにが」

「いえ、つらそうな顔を見せたから」

「そんなこと、ないよ」

「夏兵衛さん、お茶でもお持ちしようか」

千乃がいう。

「ありがとう。でもこっちでいれるよ」

「そう。——では、私はこの辺で」

千乃が頭を下げ、きびすを返す。

「ありがとう」

夏兵衛は声をかけた。

「どういたしまして」

千乃は庫裏のほうに去っていった。

「きれいな人ね」

おのぶがほほえんでいった。

「どなた」

答える前に夏兵衛は母親を濡縁にいざなった。おのぶが静かに腰をおろす。

「おっかさん、千乃さんとははじめてだったかな」

夏兵衛は隣にあぐらをかいた。

「ええ、この前来たときはいらっしゃらなかったから」

この前というのは一月ばかり前のことだ。

「あのとき千乃さん、どこかに出かけていたのかな。千乃さんは和尚の妹さんだよ」

おのぶに、妾であると本当のことをいうわけにはいかない。

「そう、和尚さんの」

母親はさといから、千乃がどういう女性か解したかもしれない。だからといって、ぺらぺらとよそでしゃべる人ではない。

「元気そうだね」

夏兵衛はそれがうれしかった。しわが増えたといっても、血色はいいし、どこにも悪いところはなさそうだ。

「それしか取り柄がないから」

「そんなことはないさ。おっかさんはやさしいし、包丁も達者だし、なんでもできるし、いうことないよ」

夏兵衛はおのぶの顔を見つめた。子供の頃から母親似といわれてきた。おのぶは垂れ目だが、それが柔和な性格をよくあらわしている。鼻が高いが、高慢なところは一切ない。これまでずっと控えめに生きてきたことが、ややくぼんだ頰に出ている。

「夏兵衛、昼餉(ひるげ)は食べた？」

「ううん」

「食べに行かない？」

「いいね」

「なにが食べたい」

「おっかさんが食べたい物でいいよ」

「あなたが食べたい物が食べたいの」

こういうところがいかにもおのぶらしい。

「そうか。それなら蕎麦切りは？」

母の一番の好物だ。

「いいけど、夏兵衛、あなたは本当に食べたいの？」

「うん、ここしばらく食べてないから」

「そう」

「近くにいい店があるから食べに行こう。案内するよ」

夏兵衛はおのぶと連れ立って巻真寺をあとにした。

「もうじき冬ね」

おのぶが夏兵衛を見ていう。

「おっかさん、寒くないかい」

太陽は頭上にあって穏やかな光を地上に投げかけているが、ときおり吹きすぎる風の冷たさは変わらない。行きかう人たちは襟元（えりもと）を縮めるようにして歩いてゆく。

「私は大丈夫よ。あなたこそ寒くないの？」

夏兵衛は、行きかう人たちと同じ仕草をしている自分に気づいた。

「うん、大丈夫だよ」

「あなた、子供の頃から寒いのが苦手だったから。夏兵衛という名がよくなかったのかしら」

真夏に生まれたから、この名になったときいている。

「そんなことないよ。大人になって、少しは変わったよ。寒さもへっちゃらさ」

途端に大きなくしゃみが出た。

「ほら、もう。鼻水が出てるわよ」

おのぶが手ふきでかんでくれた。

「ちょっとやめてよ。おっかさん。これじゃあ子供みたいだよ」

「あなたは私の子供なのよ」

夏兵衛は不意になつかしい思いにとらわれた。手ふきから母親のにおいが香ったのだ。

巻真寺から三町ほど西へ行ったところで、夏兵衛は足をとめた。牛込中里町（うしごめなかざとまち）だ。

「おっかさん、ここだよ」

おのぶが不思議そうに見ている。

「ここが？」

「うん。暖簾もなにも出ていないけど、うまい蕎麦切りを食べさせてくれるんだよ」

「お店というより、お百姓のおうちね」

「でも、なかは一杯だと思うよ」

夏兵衛はおのぶと一緒になかに足を踏み入れた。

十畳ほどの土間の向こうに、広々とした座敷が見えている。二十人以上の客が座りこんでいた。蕎麦切りを食べている客、蕎麦切りがくるのを待っている客、食べ終えて茶を喫している客。

「皆さん、いい顔をしていらっしゃるわ」

「うまいからね」

小女に座敷のあいている場所に導かれた。夏兵衛たちは蕎麦切りを注文した。湯飲みの茶を飲み干したとき、蕎麦切りがやってきた。

夏兵衛たちはさっそく食べはじめた。

「おいしいわ。腰があって、喉越しがなめらかで。つゆもすごくいい。うまくだしが取られているのがわかるもの」

「おっかさんが気に入ってくれたようで、うれしいよ」

「あなたが案内してくれるところなら、私はどこでも気に入るわ」

夏兵衛たちは二人前ずつ平らげた。蕎麦湯をもらい、つゆでのばす。

「あー、おいしい」

おのぶがしみじみいう。

夏兵衛は笑った。

「おっかさんは本当に蕎麦切りが好きなんだね」

「こんなにおいしい物が、この世にあることを私はいつも感謝しているわ」

「感謝することはいいことらしいね」

「そうよ。いいことがあるもの」

夏兵衛とおのぶは、新たにもらった茶を喫した。

「ねえ、夏兵衛」

夏兵衛は湯飲みから顔をあげた。湯気の向こうに母親の顔がある。

「戻ってきたら」

おのぶの顔には、懇願の色があらわれている。

夏兵衛が家を飛びだしたのは、もう三年も前のことだ。以来、一度も帰っていない。

夏兵衛が巻真寺に世話になっているのをおのぶが知ったのは、三月ほど前、法事で巻真寺を訪れたからだ。

さすがに、そのとき夏兵衛は驚いた。おのぶも負けず劣らず驚いていたが、せがれがようやく見つかったことの安堵のほうが大きかったようだ。

「おとっつあんも心配しているのよ」

おのぶが、巻真寺に夏兵衛がいることを父親に話してはいないのはわかっている。自分のしていることが、頭をよぎった。苦いものがこみあげる。夏兵衛は、おっかさんにはすまないと思いつつ口にした。

「駄目だよ、戻れない」

沈黙が怖くて、言葉を続ける。

「それに、俺はとうにおとっつあんから勘当になっている」

たちまちおのぶが切なげな表情になった。なにかいいかけたが、結局はなにもいわなかった。

そのいかにももどかしげな顔を目の当たりにして、夏兵衛も切なくなった。

おっかさん、と心で呼びかけた。いつまでも元気でいてよ。

第二章　消えた僧侶

一

昨日の蕎麦切りは、と夏兵衛は思った。ことのほかうまかったなあ。

やはり久しぶりに母親と一緒に食べたというのがよかったのだ。

おっかさんはいいよなあ。

子供の頃、よく抱き締められていたのを思いだす。母親のにおいを嗅ぐたび、幸せな気分に包まれていたものだ。

あの頃に戻りたいとはいわないが、もう一度、一緒に暮らしたいと思う気持ちがないわけではない。そのほうがおのぶも安心だろう。

だが、そういうときが二度とくるとはもはや思えない。

俺が家の敷居をまたぐことは決してないんだ。

昨日に引き続き、巻真寺の住職の参信は檀家にお経をあげに出ている。手習は午後からだ。

午前中することがなく、夏兵衛は散策を楽しんでいる。

もともと方々を歩くのは好きだ。いろいろな景色にめぐり会えるのがうれしくてならない。これまで知らなかったうまい物を見つけることもできる。今日の収穫は、一休みするために入った茶店の団子だった。

甘くはなく醤油だれのみだったが、醤油にこくがあり、茶とずいぶん相性がよかった。

あれは、きっと茶と合うようにつくられた団子なのだ。そういう計算されたものというのは、食べていて喜びがある。ああ、客のためを思ってつくっているんだなあと思え、心がなごむ。

天気がいいのもなによりだ。穏やかな陽射しが降り注いでいるのは昨日と同じだが、風が冷たくないのが寒さの苦手な夏兵衛にはありがたい。全身がのびやかになる感じがいい。

巻真寺のある牛込改代町まであと五町ほどのところに来て、夏兵衛は足をとめた。

田んぼのなかに神社がある。吉奈神社といい、境内は大木が寄り集まって、こんもりとした林を形づくっている。ちょうど本殿の普請をしているところで、宮大工たちが屋根の上で忙しそうに立ち働いているのが見えた。

地上に一人いる棟梁らしい年老いた男が、きびきびとした動作で配下の大工たちに指示を送っている。それに応えて大工たちが無駄なく動いてゆく。

かっこいいなあ。

夏兵衛は見とれた。

人々の信仰を集めている由緒ある古い神社だが、一方で丑の刻参りの噂が絶えない。大木に打ちつけられた藁人形を実際に目にした人もいるそうだ。陽射しを一杯に浴びた境内は明るさに満ち、丑の刻参りを思わせる暗さなど微塵もうかがえないが、闇に閉ざされた夜ともなれば、心にうらみを秘めた人たちが息をひそめて動くのに格好の舞台となるのかもしれない。

しばらく眺めてからその場をあとにした。巻真寺に戻る。

山門をくぐった。さほど広くない境内は無人だ。

庭はなかなか趣向が凝らされている。参信自らつくった庭ときいている。

参信には庭づくりの才があるのがはっきりとわかる。小堀遠州の影響を受けた庭だ。

この庭の手入れをまかされていることは、実際のところ、夏兵衛の誇りでもある。

ここで庭仕事をするようになって、ほかからも声がかかるようになった。

もっとも、庭仕事のほうはまだまだこれからだ。盗人稼業のほうがよほど儲かる。

しかし庭仕事をしている限り、命の危険はねえものなあ。

そのほうが生きてゆく上で気楽だ。だが、庭仕事のあがりでは由岐に会いに行くことはできない。つまりはこれからもしばらくのあいだは、盗人として精ださなければならないということだ。

むっ。

夏兵衛は自分の家に戻ろうとして、庫裏の前を通りかかった。

耳を澄ませた。今、女のあの声がしなかったか。

確かにした。ここできこえるということは千乃のものだ。

和尚はもう帰ってきているのだ。まったく昼間っからよくやるものだ。午後から手習を控えているというのに、精の強い坊さんだ。

耳を澄ませているのも馬鹿らしくなって、夏兵衛は歩きだした。だがうらやましくもある。また由岐のことを思いだした。

家に入り、座敷に寝ころんだ。台所に酒があり、それを飲もうかと思ったが、手習の前に酒を入れるわけにはいかない。

つまらねえな。

腕枕をして天井を見つめた。

昨日の蕎麦屋にまた行ってきたから、腹は空いていない。今日はざる蕎麦を三枚、食べてきた。

しばらくまどろんでいたようだ。

誰かが呼んでいる。昨日と同じ声だ。

夏兵衛は起きあがった。庭に千乃がいた。

「ああ、千乃さん」

さっきまでむつんでいたのがわかる、濡れたような瞳をしている。

「ごめんなさい、寝ていたのね」

「いや、いいよ。じき手習がはじまるし」

「ああ、そうだったわね。でもその前に、和尚さまが来てくれって」

「千乃さん」

夏兵衛は笑顔で首を振ってみせた。

「和尚さまではなく、兄さんといわないと」

「そうだったわね」

いけないとばかりに千乃が舌を見せる。こういうところがこの女はかわいい。参信が気に入っているところでもあるのだろう。

「また庭の手入れかな」

「ちがうみたいよ。なにか話があるっていっていたから」

「話？　なんだろう」

別に参信に叱られるようなことをした覚えはない。むろん、盗人稼業に関しては別だ。

千乃に連れられるようにして、夏兵衛は庫裏に足を運んだ。

「お呼びですか」

座敷に入り、参信の前に正座した。

「おう、来たか」

千乃が茶を持ってきてくれた。

「ありがとう」

夏兵衛は礼をいった。どういたしまして、と千乃は去っていった。

「まあ、飲め」

「いただきます」

夏兵衛は湯飲みを手に取り、傾けた。

「うまいですね」

参信は茶にはうるさいのだ。

「そうだろう」

夏兵衛が本心からいったのがわかったようで、参信が相好を崩す。

「好きなだけ飲んでいいぞ」

「ありがとうございます。でも、それはお話をうかがってからにします」

参信が表情を引き締める。

「おまえを呼んだのは、人を捜してほしいからだ」

えっ、と夏兵衛は思った。ききちがいではあるまいな、といぶかった。

「和尚は今、俺に人を捜してほしいとおっしゃったんですか」

「そうだ」

「でも、俺は人を捜したことなど、これまでありませんよ」

「そのくらい、わしも知っている」

「だったらどうして」

参信が、がっしりとした顎をなでた。

「おまえにはその手の才が備わっていると思うからだ」

「えっ、俺に人捜しの才ですか」

「人捜しの才というより、探索の才といったほうがいいかな」

夏兵衛はあわてて手を振った。

「俺にはそんな才、ありませんよ」

「決めつけるな。わしがあるといったらあるんだ」

「住職こそ、決めつけているのではありませんか」

「そんなことはない。わしはおまえの資質を見抜いて申している。おまえは意外に思慮深いし、よく気がつく。探索に向いているはずだ。それに日中、暇な男はおまえしかわしには思い当たらん」

「俺は暇じゃありませんよ。手習もありますし」

「手習はしばらく休め」

「ええっ」

「おまえは今さら手習などせずとも、読み書きはできるのだからいいではないか」

「でも、手習は俺の楽しみですよ」

「手習ではなく、子供たちと一緒にいるのが、だろうが」

「そんなことはありません」

「とにかくおまえは手習は、休むことになったんだ」

「そんな」

「そんなではない」

「しかし和尚――」

「うるさい、つべこべ抜かすな。おまえ、わしのいうことがきけんのか」

「いえ、そのようなことは決してありませんが……」

「だったら捜すのだな」

「……はあ」

「返事は、はいだ」

「はいはい」

「はいは一度でいい」

「はい」

参信がきれいな歯並びを見せて笑う。

「よろしい」

夏兵衛はため息が出そうだった。

「それでどなたを捜すんですか」

「道賢(どうけん)という僧侶だ」

本累寺(ほんるいじ)という寺の住職だが、姿が見えなくなってからすでに十日ほどが経過しているという。

「その道賢さんというお坊さんは、自ら姿を消したんですか。それとも、かどわかされたんですか」

「それがまだはっきりせん」

「姿が見えなくなったのは十日ほど前とのことですけど、それは寺のなかですか。それとも外ですか」

「外のようだ」

「檀家にでも行ったのですか」

「そのようだ」

「檀家への往きですか、それとも帰りですか」

「そいつは知らん」

夏兵衛は顔をあげて参信を見つめた。

「和尚は、道賢さんとはどういうご関係なんですか」

「僧侶としての心構えをいろいろと教えてもらった恩人だ」

「ほう、和尚にそういう人がいたんですか。いつのことです」

参信がわずかに言葉につまった。

「昔の話だ」

そうですか、といったが、夏兵衛は参信和尚にもなにかいわくがありそうだな、と感じた。

「わかりました。調べてみますよ」

夏兵衛はすでにやる気になっている。どういうわけかわからないが、道賢という僧侶を捜すのは楽しそうに感じられてならない。

こういうところを、参信は見抜いたのかもしれない。

夏兵衛はこれで参信のもとを離れようとしたが、そうはいかなかった。参信と柔の稽古をすることになったのだ。

境内裏手にある林のなかの草むらに連れていかれ、新しい技の伝授ということで、一刻ほどみっちりとしごかれた。

「和尚、これはなんという技なんですかい」

へとへとになって、夏兵衛はきいた。両手の指が痛くてならない。

息を切らさず、汗もろくにかいていない顔で、参信はあっさりいった。

「陰結びじゃよ」

二

鼠苦手小僧は、と伊造は思った。ちょっとした悪行をしているような店を狙って忍びこんでいる。

この前狙われた甲州屋もそうだし、百両を奪われた金貸しもそうだ。

このことは昨日、北町奉行所同心の滝口米一郎にもいったが、ということは、次もそういうところに忍びこむということだろう。

以前にも考えたことだが、江戸には悪徳商人があまりに多すぎて、その考えは捨てざるを得なかった。

しかし、やはり的をしぼったほうがいいだろうという結論に達した。

これまで鼠苦手小僧が狙った商家がある町から、次にどこに位置する商家を狙うか考えたことはあった。

だが、やつは用心深いのか、それともそこまで考えていないのか、適当としか思えない動きをしている。円を描いたり、北の次は南に動いたり、斜めに動いたりという決まった形はないのだ。

そうなると、評判のよくない店をしぼってゆくほうがいいだろう。

今、江戸の商家で評判の悪いところはどこか。

米の取り扱いが多すぎるがゆえに評判の悪い店は、米屋の伊地知屋だ。多くの札差と結託しているという噂がある。相当儲かっているはず、といわれている。

もう一軒は、廻船問屋の五代屋だ。こちらも、江戸っ子の大好きな酒の廻漕で大儲けしているという評判だ。伏見や伊丹のくだり酒をもっぱらに扱い、五代屋がなくなったら江戸っ子の半分は酔っ払えなくなるといわれるほど莫大な量を扱っている。

この二つの店がいったいどれほどの富を蔵に積んでいるか、伊造などには想像もつかない。

しかし、それだけの大店を鼠苦手小僧が狙えるものなのかどうか。いくらなんでも相手が巨大すぎるのではないか。

鼠苦手小僧は一人で盗人働きをしている。それはまずまちがいない。一人では伊地

知屋と五代屋という江戸を代表する大店の蔵を破り、大金を盗み取るというのは決してできはしないだろう。

やはり何名かの気心が知れた者たちが手を組み、流れるような仕事をしてようやく蔵を破れるのではないか。

それでも鼠苦手小僧なら、敷地内に忍び入ることはできるかもしれない。だが、そこから先の警固は、これまで忍び入ってきた商家などとはくらべものにならないほど厳しいだろう。

いくら鼠苦手小僧の手先が器用であけられない錠前がないとしても、千両箱が積みあげられている蔵にたどりつけるのか、それがまず怪しい。それに錠前自体、おそらく一筋縄ではいかないものが備えつけられているにちがいない。

この二つの店を狙うのなら、千代田城の金蔵に的を変えたほうがいいのではないかと思えるほどだ。

おそらく、この程度のことは鼠苦手小僧もわかりすぎるほどわかっているだろう。

となると、やつは伊地知屋にも五代屋にも忍びこむことはなかろう。

となればどこか。

武家というのはどうだろう。

今は老中田沼意次の天下だ。賄賂が横行して、金を持つ者が大手を振って歩く世の中だが、これは昔から変わらぬ図式にすぎない。

賄賂というのは法度なのだから伊造もいけないとは思うのだが、おおっぴらにやるか、ひそかにやるのかという、ちがいでしかないのではないかと感じている。

田沼意次はとにかくあけっぴろげなのだ。賄賂をおくる者に要職を用意し、実際に引き立てている。

賄賂などというものは幕府がひらかれ、江戸に役人があらわれてからずっと続いているものだろう。

田沼意次は農業に重きを置かず、商いこそこの国の最も重要なものという見方をしている。これまで幕府がこの国を治め、動かすための物品として扱ってきた米から、金に政の舵を切ったのだ。

このやり方がいいのか伊造には正直わからないが、今は金が太い水流のようになって世をめぐっており、それがために景気はすばらしくいい。

町人たちもその景気のよさをたたえ、浮かれている。もともと江戸っ子は、宵越しの銭は持たねえという気概にあふれている。今の景気のよさは、その日暮らしを信条とする江戸っ子にとって、ありがたいことこの上ないのではないか。

ここしばらく江戸から犯罪が減っているように思えるのは、景気がいいためだろう。一家心中などという暗い話も、ほとんどきかなくなっている。

鼠苦手小僧は、今の景気のよさをどう見ているのだろう。苦々しく見ているはずがないとは思う。金があふれている状況は、盗人にとってもひじょうにうれしいことだからだ。

だから、田沼屋敷にやつが忍びこむこともまずあり得ないと考えていいのではないか。

伊造の脳裏には、一軒の商家が浮かんでいる。だが、確信はない。その店のことは噂にきいているだけで、ろくに知らないからだ。

ここは一つ、鼠苦手小僧が次の的として狙うに足る店かどうか、確かめなければならない。

その店は高井屋といい、神田佐久間町一丁目にある。

住みかのある本郷菊坂田町から神田佐久間町一丁目まで、さしたる距離ではない。ほんの四半刻ほどだ。

高井屋の前に来た。ここは材木を扱っている。神田川をはさんで、柳森富士の森が見えている。あの富士のある神社は太田道灌が金を集め、創建したと伝わっている。千代田城の鬼門に位置している。

　伊造はまずこの町の岡っ引の龍五郎のところに行った。このあたり一帯は他人の縄張だ。仁義は通さなければならない。

　出かけていると思ったが、龍五郎は家にいた。風邪を引いたとのことで臥せっていた。

「まったくだらしねえざまさね。歳だねえ」

　高熱のためか赤い顔をしている龍五郎は自嘲気味にいった。枕元に座った伊造を見あげる目に、往年の迫力はない。本当に気弱になっているようだ。

「もっとも、伊造親分のほうが、わしなんかよりずっと上だったね。相変わらず元気そうだ。見習わなければ」

「わしも歳だ。体が動かなくなってきやがった」

「そうは見えねえ」

　龍五郎が、喉の奥で荒い息づかいをした。

「あまり長居はしねえ。用件をいうよ」

　伊造は告げた。

「高井屋さんのことを調べにね。伊造親分のいう通り、次に例の盗賊に狙われてもおかしくはないな」

高井屋は材木問屋だ。江戸で火事が起きるのは日常茶飯事だが、値上がりするときにしか材木をださないという悪評がある。

商売というのは信用が第一だから常にそういうことをしているわけではなく、噂だけが先走っているような気もするが、町人たちの評判はいいものでは決してない。

「この町で、高井屋はどういうふうにいわれているんだい」

伊造は、はやく立ち去らなければ、と気づかいつつ龍五郎にきいた。

「そりゃ、いいものじゃねえさ。富裕な商家の常で、町の者への面倒見はそんなに悪くはない。あるじの学兵衛(がくべえ)さんも悪い人じゃねえし。でも、あまりそのことをわかっている者は多くねえな。貯めこむばかりで、吐(は)きだそうとしないとさんざんにいわれている」

そうかい、と伊造は相づちを打った。

「じゃあ、今日はこの辺でな。久しぶりに顔を見られてうれしかったよ」

「わしもさ。話ができてよかった。正直いうと、ついこないだ、伊造親分の夢を見たばかりだったんだよ。だから、こうして顔を見られたのは正夢だったんだな」

龍五郎の家を出た伊造は、町の者や町に出入りしている行商人たちに高井屋の噂や評判をきいていった。

やはり龍五郎がいう通り、かんばしいものではなかった。この手の噂を鼠苦手小僧が耳にしていないはずがない。

次に鼠苦手小僧が狙ってもおかしくはないという確信を、伊造は持った。

よし、張ってみるか、と高井屋の前にやってきて思った。大店といっていいが、びっくりするほど広い間口を誇っているわけではない。鼠苦手小僧が忍びこむにはちょうどいい店なのではないか、という気がする。

伊造は帰路をたどりはじめた。そういえば、と思う。失踪した道賢という僧侶のことが脳裏に戻ってきた。

同心の滝口米一郎にいわれ、気にかかっているのは確かだが、僧侶のことは手だししようがない。米一郎も、気にとめていてくれればよいといった。

道賢が住職をつとめていた本累寺は、小石川御箪笥町にあるとのことだ。

行ってみるか。

そんなに遠くはない。伊造は歩を進めだした。

だが、すぐに足をとめることになった。

男と歩いている娘のおりんを目の当たりにすることになったからだ。距離は十間以上あり、おりんは父親に気づかない。

昼をだいぶすぎ、一膳飯屋を営んでいる清水屋は休憩の刻限だから、おりんがなにをしようと自由だが、男と一緒というのは心中穏やかではいられない。

自分が、いつしか路地に身をひそませていることに気づき、愕然とした。

どうしてこんな真似をしなきゃならねえ。

二人は伊造のいるほうに近づいてくる。おりんはとても楽しそうだ。笑顔を惜しまず振りまいている。最近では、あんなに屈託のない笑いを、伊造に見せてくれることはない。

いったい何者なんでえ。

伊造は路地から男をにらみつけた。気づかれないようにしている自分に腹が煮える。

見たことのない男だ。まだ若いが、十九のおりんよりはいくつか上だろう。なかなか端整な顔立ちをしている。鼻が高く、瞳が涼やかだ。似合いの二人といっていい。

おりんたちは伊造のいる路地に視線を向けることなく、通りすぎていった。

つけてみるか。

だが、伊造の足は動かなかった。それではまるでおりんを信用していないことを覚(さと)ったからだ。

おりんだって女だ。男の一人や二人、いたって不思議でもなんでもねえ。

そういいきかせることで、伊造はかろうじて自らを抑えこんだ。

無性に酒が飲みたくなっている。道賢の本累寺のことは頭から飛んでいた。

三

小石川御箪笥町にやってきたのは、久しぶりだ。

夏兵衛はきょろきょろと見まわした。

天気がいい。夏にくらべたら、かなり生気をなくしつつあるように見える太陽は、淡い光を放っている。おりてきた光は忍びやかに地面に吸いこまれている。

夏兵衛は声をあげてのびをし、大気を存分に吸いこんだ。これをすると、町の雰囲気を体のなかに取り入れられるような気がするのだ。

ここがどういう町なのか、それだけでわかるような心持ちになってくる。これは盗人働きをする直前、的とした商家や武家屋敷を前に常にしていることだ。

ここは、と夏兵衛は思った。人の気持ちがとても穏やかな町のようだ。いい人がそろっているのではないか。

道賢が住職をつとめていた本累寺はすぐに見つかった。

そんなに大きな寺ではない。むしろ小さな寺といっていい。町屋と小禄の侍が住む武家屋敷にはさまれ、境内はややいびつな形をしているのが、外から見てわかった。

こぢんまりとした山門はひらいている。夏兵衛はごめんなさいよといって入った。

やはり境内はせまい。右手にのびる塀に沿うように鐘楼が建ち、正面に本堂が見える。左側に庫裏らしい建物がある。本堂の向こう側は林で、この季節にかかわらず濃い緑を茂らせていた。

本堂の裏手のほうから、物音がしている。どうやら箒(ほうき)で落ち葉でもはいているようだ。

人がいるのだ。道賢捜しを依頼してきた参信の話では、寺男が一人いるとのことだ。箒をつかっているのがそうかもしれない。

夏兵衛は歩きだし、本堂の裏にまわりこんだ。

作務衣(さむえ)を着た年寄りが、丸まった背中を見せて箒を盛んに動かしていた。

「あのう」

びっくりさせないよう静かに声をかける。

だが、年寄りは背中でもどやされたように跳びあがった。こちらを向いた。

「どちらさまですか」

頭を丸めていて、僧侶のように見える。まん丸の目もずいぶんと穏やかで、人がいかにもよげだ。

「驚かせてしまったようで、すみません」

夏兵衛は名乗り、どういうわけでこの寺にやってきたかを語った。

「ああ、参信和尚さまのご依頼で、和尚さまをお捜しくださるのですか。ありがたいことです」

男はそれだけで涙を流さんばかりだ。

「あなたさんは、こちらで働いている方ですね」

夏兵衛は一応、確かめた。

「ええ、さようです。作蔵と申します。こちらで寺男として働いています。和尚さまのお帰りを、こうしていつもと変わらない暮らしをして、待っているのでございますよ」

うつむき加減になる。顔に影が差し、寺男は一気に十も歳を取ったように見えた。

「もっとも、手前は身寄りのない年寄りでして。どこにも行き場がないというのが本当のところでございますよ」

道賢和尚が帰ってこなかったら、最も困るのは目の前の寺男ではないかと思えた。ということは、この男は道賢の失踪に関係ないと判断していいのかもしれない。だが、そう思いこむのは早計だろう。

「もし和尚さんが戻ってこなかったら、どうします」

夏兵衛はたずねた。

「どういたしましょう」

そのことは何度も考えたのか、作蔵は途方に暮れた顔つきになった。

「今は考えることもできません。ここを離れなければならないのはまちがいないでしょうね」

「この寺は、道賢和尚の持ち物ですか」

「そのはずです。和尚さまに、はっきりきいたことがあるわけではございませんけど」

「道賢和尚に身寄りは？」

「和尚さまは孤児(みなしご)とのことにございます。幼い頃から仏道に入られたと、うかがっています」

「この寺にはいつやってきたんですか」

「手前ですか。手前は三年ほど前でございます。どこにも行く当てがなく、この寺の前で行き倒れたところを和尚さまに救っていただき、そのまま寺男に……」

夏兵衛としては、道賢和尚がいつ来たかをきいたつもりだった。

「さようでしたか」

軽く咳払(せきばら)いする。あらためて、道賢がいつこの寺にやってきたのかきいた。

「手前は存じません。でも、相当前というのはまちがいないと存じます」

参信から、道賢の歳は五十ちょうどときいている。僧侶がどういう道筋をたどり、どういう形で寺に入るものなのか、夏兵衛はよく知らないが、孤児だった道賢はこの寺に修行にやってきて、そのまま先代の住職の養子になったのだろうか。

この寺は妻帯が認められている浄土真宗ではないから、先代に跡継はいなかったのではあるまいか。

ただし、参信の例を持ちだすまでもなく、妾(めかけ)を持たない僧侶を捜すほうがよほどむずかしい。妾がいれば、子がいてもおかしくはない。

「この寺の先代は？」

「もう二十年以上も前に亡くなったとうかがっております。和尚さまは、そのご先代の養子になられたとのことでございます」

やはりそういうことだったか。夏兵衛は合点した。

「先代に身寄りは？」

「いいえ、ご先代も孤児だったとうかがっています」

ということは、もし道賢が戻らなかった場合、この寺はどうなるのだろう。どこかの末寺であるのはまちがいないだろうから、そこから僧侶が送りこまれるのだろうか。

夏兵衛は作蔵にそのことをきいてみた。

「当寺は和尚さまの持ち物と申しましても、下野にございます智林寺という曹洞宗の末寺でございますから、おそらく、そちらのほうからどなたかがまいられるものと存じます」

その新しい住職がつかってくれたらいいですね、といいそうになって夏兵衛はとどまった。まだ道賢が戻ってこないと決まったわけではないのだ。

ただ、そういうことなら、この寺の地所を狙って道賢をかどわかしたというようなことはないと考えて差し支えなさそうだ。

「道賢和尚ですけど、正しくはいつから帰っていないのですか」

夏兵衛は本題に入った。

「今日で十二日目です」

「どういうふうにいなくなったのです」

「はい。十二日前の朝の四つ（午前十時）頃、近くの檀家さまにお経をあげに和尚さまはお出かけになりました。手前は山門で見送ったのですが、結局、それが和尚さまのお姿を見た最後となってしまいました」

そうでしたか、と夏兵衛は痛ましい思いでいった。作蔵はうなだれ、しおれてしまっている。

「道賢さんは、出かけるときはいつも一人ですか」

夏兵衛は作蔵の顔を自分のほうに向けさせた。

「さようです。本当は手前がお供につくべきなのでしょうけど、そうしますとこちらが留守になってしまいますので」

夏兵衛はうなずいた。

「作蔵さんが来る前、寺男はいたのですか」

「はい、そういうふうにうかがっています。ただ、手前が雇われる半月ほど前に病死したとのことでございます」

をあとにした。

道賢がその檀家に呼ばれたのは先祖供養の法事だったらしいが、そのとき道賢に変わった様子はなかったようだ。いつもと変わらず朗々とした読経をし、そこにいる人たちは道賢のお経のすばらしさに感銘すら受けたようだ。

小さな寺のことで檀家はそう多くないようだが、誰もが道賢のことを心から心配しているのが、いろいろな人たちに話をきいてゆくうちにわかった。道賢は、檀家のすべての者から慕われていた。

うらみを持たれていたとか、なにかのいさかいに巻きこまれていたとか、そんな評判は一切なかった。むろん、悪事に関わったことがあるなどという噂もまったくない。

清廉潔白の僧侶。これが夏兵衛が話をきいて、道賢に対して抱いた思いだ。

今のところ、道賢が自ら姿を消したのか、何者かにかどわかされたのか、どちらともいえない。判断できる材料はない。

道賢が最後に訪れた檀家から本累寺までの距離は、およそ三町。仮に道賢がかどわかされたとして、その場面を目撃した者は一人もいないというのもはっきりした。

その三町のあいだで、道賢は姿を消した。

読経をつつがなく終え、寺に帰る道賢を檀家が見送ったのが昼の九つ（正午）すぎとのことだ。それが道賢を目にした最後のようだ。

四

少しまじめに動きすぎたようだな。

夏兵衛は急ぎ足で、巻真寺への道をたどっている。気づかないうちに、ときがかなりたっていた。

すでに日は暮れつつあり、江戸の町は闇が急速に支配する地を拡大している。そのなかを人々が影絵のように行きかっている。

夏兵衛もそのうちの一人で、濃くなる暗さに背中を後押しされるように、さらに足早に歩いた。常にたずさえている小田原提灯（おだわらぢょうちん）を懐（ふところ）から取りだし、火をつける。

夜目は利くから提灯など必要ないのだが、夜、提灯なしで歩くのは法度だ。つまらないことで役人の目を引きたくない。

しかし、と提灯の淡い光を見つめて、思った。こういう探索めいた仕事というのはおもしろい。

参信和尚のいう通りだろう。俺はこの手の仕事に向いている。もっといやいやすることになると思っていたが、そんなことはまったくなかった。

夏兵衛にとって、これは新鮮な驚きだ。昨日、参信に道賢捜しを半ば命じられるも同然にいわれたとき、おもしろそうだなとの思いを抱いたのは事実だが、正直、ここまでやり甲斐があるとは思っていなかった。

まだなにもつかめたわけではないが、調べ続ければなにかつかめるのはまちがいない。その手応えが、心を高揚させている。

盗人よりも、はるかにおもしろいかもしれない。なにより、いろいろな人と話をする、話をきくというのがこんなに楽しいものだとは。

参信の手のひらの上で踊らされているような気がするのは、若干おもしろくないが、それ以上におのれの資質を見抜いてこの仕事を与えてくれた和尚には感謝したい。

もしかすると、一生の仕事にできるかもしれない。

今の夏兵衛にはそんな直感がある。人捜しや探索が生業（なりわい）として成り立つのかわからないが、やろうと思えばやれるのではないか。

実際、岡っ引などは番所の同心の下で探索を請け負っているも同然だ。ほとんど金にはならないから、女房などに別の商売をやらせて配下の下っ引への小遣いをひねりだしている者がほとんどときいているが、そこまでしても岡っ引をやるというのは、やり甲斐があるゆえだろう。

むろん、十手の威光を笠に着て商家や町人をいたぶる者もいないわけではないらしく、そういう者がほとんどなのかもしれないが、心ある岡っ引というのがいないわけではなかろう。

別に岡っ引になりたいわけではないし、そういうつてもあるわけでもないが、人捜しや探索を生業にするというのは、いい考えのように思えた。

こういう仕事なら、番所の者に追われることもないしなあ。

そういう仕事をはじめたからといって、これまで盗人としてさんざん働いてきた以上、身がきれいになるというわけではないが、新たな盗みを行わなければ番所の者たちにしっぽをつかませるようなことにはなるまい。

だが、今ここで盗みをやめてしまうと困るのは、まとまった金が入らなくなることだ。そうなると、由岐に会えなくなってしまう。

これは正直、大ごとだ。それに、盗みというのは、あくどい者たちを懲らしめる意味もある。それをいきなりやめてしまうのはどうなのか。

どうするかなあ。

迷いながら足をひたすら動かしているうちに、夏兵衛は巻真寺のある牛込改代町に戻ってきた。

おや。

夏兵衛はなんとなく背中にむずがゆいものを感じた。

なんだ、これは。

こういう感じは、これまでほとんど覚えたことはない。

はっと気づく。

誰かに見られているのではないか。

そう考えて背後に神経を集めてみると、鋭い視線を浴びているような気がしてならなくなった。

勘（かん）ちがいにすぎないのか。いや、そうとは思えない。

このまま寺に帰っていいものか。

夏兵衛がどうすべきか逡巡（しゅんじゅん）したとき、不意に背中から重みが取れた気分になった。

消えた。

夏兵衛はなにげなさを装って、ゆっくりとうしろを見た。

すでに完全に日は暮れ、あたりは闇の衣に深々と包みこまれている。夏兵衛の目をもってしても、誰が見ていたのかというのはわからない。

今のはなんだったんだろう。

夏兵衛は息を一つついてから歩きだした。考えられるのは、この俺が盗人である疑いをかけられ、町方の者が監視についたということだ。だが、もし盗人であると確信を持っているのなら、即座にとらえるはずだろう。

もう一つ考えられるのは、道賢捜しが誰かの癇に障ったということだろう。今は、こちらのほうが考えやすい。

慎重に背後をうかがいつつ、夏兵衛は寺に帰り着いた。

山門は閉じられているが、くぐり戸はあいている。身をなかに滑りこませるとき、再び背後に視線を走らせて見ている者がいないか探ってみたが、冷たさを帯びた風が渡ってゆくだけにすぎず、山門近くには人っ子一人いなかった。

くぐり戸を閉め、閂を通す。夏兵衛は庫裏に向かった。

泉水が設けられた小さな庭を通り、淡い明かりが灯っている部屋に声をかける。沓脱ぎに見覚えのない上等な雪駄が置かれていて、参信に来客中であるのを知った。

障子があき、千乃が姿を見せた。

「お帰りなさい」

笑みを浮かべていう。

「ただいま」

その笑顔に惹かれ、夏兵衛も自然に笑いをこぼしていた。

「夏兵衛さん、入ってください」

「いいのかな」

「和尚さまがお呼びです」

「千乃さん、まだだよ」

「あっ、いけない。兄さんが呼んでいます」

夏兵衛は笑ってうなずき、千乃のそばを通り、座敷に足を踏み入れた。背後で静かに障子が閉じられる。

座敷には一人の侍が座っていた。背筋がよくのび、雪駄と同様、上質な着物を身につけている。

「夏兵衛、座れ」

参信にいわれ、夏兵衛は侍の向かいに正座した。

「この男がお話しした夏兵衛です」

侍がまじまじと見てくる。夏兵衛は控えめに見つめ返した。

まず目に入るのが大きな耳たぶだ。あとはよく光る瞳、豊かな頬、丸い顎。どこかで見たような顔だが、思いだせない。一度でも会ったことがあるのだろうか。

いや、紛れもなく初対面のはずだ。

横顔に、参信の視線を感じた。首を動かすと、どことなくおもしろがっているようなふうが見えた。参信はすぐに表情をまじめなものに戻した。

「夏兵衛、こちらは戸ヶ崎陣兵衛どのといわれる。板倉内膳正さまのご家中だ」

板倉内膳正なら夏兵衛も知っている。陸奥福島で三万石を領している譜代大名だ。

「板倉さまといわれますと、今のお寺社の？」

「そうだ。陣兵衛どのは寺社奉行の家臣でいらっしゃる」

陣兵衛が柔和な笑みを浮かべて、会釈してきた。

あれ、と思った。やはり会ったことがあるのではないか。この笑顔は見たことがあるような気がする。

「陣兵衛どのがいらしたのは――」

参信の声が夏兵衛の頭に飛びこんできた。

「もう一人、舜瑞どのという僧侶が姿を消していることを伝えにまいられたんだ」

「はあ、もう一人ですか」

「そうだ。その前に夏兵衛、今日の収穫はどうだった」

参信に問われ、夏兵衛は話した。

「ふむ、収穫はなしか。初日だからな、焦ることはあるまい」

さらに夏兵衛は視線のことを語った。参信と陣兵衛が同時に眉根を寄せた。

「となると、やはり道賢どのがいなくなった背後には、なんらかの者が関わっていると考えたほうがいいのか」

参信がいうと、陣兵衛がうなずきを見せた。

「そういうことにござろうな」

陣兵衛が夏兵衛を見る。穏やかな声で話しはじめた。

「舜瑞どのというのは、一月以上も前に失踪している。そのことも念頭に置いて、道賢どのの探索もしてほしい」

寺社奉行に探索をもっぱらにする者がいないのはわかっているが、この俺だって素人にすぎない。そんな自分にそこまでまかせていいものなのか。

参信が夏兵衛の心を読み取ったか、苦笑した。

「陣兵衛どのからは探索に役立ちそうな、心きいたる者がほしいといわれていてな、わしに心当たりは一人だったゆえ、おまえにまかせることにしたのだ」

鋭い目で見つめてくる。

「夏兵衛、視線の主がどういう輩かわからぬが、気をつけておけよ」

「はい」

「甘く見るなよ。命の危険まであるかもしれんぞ」

「はい」

深くうなずいてみせたものの、さすがにそれは大仰すぎるのではないか、と夏兵衛には思えた。

「夏兵衛どの」

陣兵衛が呼びかけてきた。

「参信和尚のいわれる通り、用心に越したことはない。それがしには道賢どの、舜瑞どのの失踪がどういう事件なのかさっぱりわからぬが、夏兵衛どのがこの一件においてもし怪我を負うようなことにでもなったらと思うと気が気でござらぬ。どうか、本当に気をつけていただきたい」

陣兵衛が言葉を続ける。

「とは申しても、どうしても夏兵衛どのの合力は必要にござる。我が板倉家は譜代の名門といえども、残念ながら江戸での探索に向いている人材は皆無といってよい。いや、皆無はさすがにいいすぎかもしれぬが、ほとんどおらぬといってよい。それがために、夏兵衛どののような江戸に詳しく、目端が利く者に力を貸してほしかった」

それで陣兵衛は参信和尚を頼り、和尚は自分を選んだというわけだ。

道賢捜しのお鉢がまわってきたわけはなんとなくわかったものの、陣兵衛がいった理由だけでは釈然としないのも事実だ。

それに、と夏兵衛は思った。戸ヶ崎陣兵衛は寺社奉行の配下だから、参信と親しいのは納得できないこともないが、それ以上にこの二人は理屈抜きの親密さがあるように思えてならない。

これはいったいなんなのだろうか。

五

豪之助（ごうのすけ）には明らかにやる気がない。

それがわかり、伊造は腹が煮えてならないが、その思いを外にあらわすことはない。

なにしろ自分には手下がいないからだ。いない以上、せがれに頼るしか道はない。張りこみは一人ではまず無理なのだ。

豪之助に、おりんが一緒にいた男のことをききたい。妹と仲がよい豪之助ならなにか知っているかもしれない。

しかし、せがれといえども、ききにくかった。どう切りだせばよいかわからない。

寒いなあ、と豪之助が小さくつぶやいた。こんな寒い場所はとっとと切りあげて、熱燗(あつかん)を腹に入れたがっている。

その態度もこれ見よがしで、これにも伊造は腹が立つ。まったくどうしてこんなにやる気がないのか。自分のたねとは思えない。娘のおりんはどうして娘なのか。なぜ男ではないのか。

しかしあの男は誰なのか。おりんのことを思うときになって仕方ない。妙な男に引っかかっていなければいいと思うが、おりんほど聡明な娘ならそういうふうなことにはならないとは思う。

だが、とてもしっかりした娘がどうしてこんな男に、という例はこれまで岡っ引としていやになるほど見てきている。それがおりんに当てはまらないと考えるほうが、愚かだろう。

いや、今はおりんのことを考えるのはよそう。目の前の仕事に集中しなければ。

伊造は今、豪之助とともに高井屋のそばで張りこんでいる。高井屋脇の路地裏に身をひそませているのだ。

むろん、この界隈を縄張としている岡っ引の龍五郎にはその旨、すでに告げてある。

まだ風邪の治っていない龍五郎から、手下を貸そうという申し出があった。そのときはなんとなくこちらにも意地があって断ったのだが、今は受けておくべきだったと後悔している。

伊造は心中、ため息をついた。視線をあげ、高井屋の屋根を見つめる。

さすがに高い屋根だ。あの屋根の上に鼠苦手小僧の影があらわれるのを、伊造は待ち望んでいる。

高井屋は材木問屋だ。火除広道（ひよけひろみち）と呼ばれる神田川沿いの道に店はあり、店の横には大量の材木が積まれ、おびただしい数の丸太が天を突いている。

この神田の地に、これだけの材木を置ける場所を持っているのは、すごいの一言に尽きる。お上に対し、なにか力をつかったのではないだろうか。老中の田沼意次となんらかのつながりがあるのかもしれない。

伊造は昼間、店の者たちの働きぶりを見ている。誰もが一所懸命に体を動かしていた。悪評が高いというのは、その働きぶりからはうかがうことはできなかった。

それにしても、神田川をつかって半刻に一度ほど、材木を運ぶ船が着くのには驚かされた。

大川から神田川に入って、ここまでおよそ十町あまりにすぎないにしても、江戸にやってくる材木のうち、どれだけの量がこの店に運ばれるものなのか。

これでも、びっくりするほどの大店ではないのだ。江戸には全国からどれだけの数の材木が、毎日毎日やってきているのだろう。

「なあ、とっつあん」

豪之助が声を低くするでもなく呼びかけてきた。

「うるせえ、静かにしろ」

伊造は小声で叱った。

「とっつあん、例の盗人は来ねえよ。こんな寒いとき、張っていたからっていいことなんかねえよ」

伊造はにらみつけた。だが、豪之助はどこ吹く風という顔だ。

いつから、と伊造は思った。こんなになめられはじめたのだろう。

「だからもう帰ろうよ」

伊造は無視し、高井屋の屋根を凝視し続けた。

「なあ、とっつあん、どうして高井屋に例の盗人がやってくるって思ったんだい」

伊造はせがれに視線を転じた。てめえで考えろい、といいたかったが我慢した。

「例の盗人が、評判の悪い商家を狙っているというのは俺にもわかってるけどさ、本当にここなのかい」

ほう、わかってやがったのか。

「悪評ふんぷんの商家なんて、それこそ腐るほど江戸にはあるぜ。そのなかの一軒にしぼるってのは、どうかと思うんだが」

「やつは必ずあらわれるさ」

しびれをきらして伊造は口をひらいた。

「どうしてそういいきれるんだい」

「勘だ」

「勘？　とっつあんの勘で、俺はこんなに冷たい風が吹きまくっているなかに駆りだされたのか」

「わしがどれだけ岡っ引をしているか、おまえ、知っているのか」

「さあな。三十年くらいかかい」

「四十年だ」

「十年くらい、たいしたちがいはねえと思うけどね。それで、その年月がどうしたっていうんだい。まさか四十年、岡っ引をつとめてきた者だけが持つ勘といいたいのか」

「そんなことはいわねえ。その年月、岡っ引を続けられた者が持つ勘だ」

豪之助が黙りこむ。岡っ引のせがれだけあって、どれだけの危険をともなう仕事か、さすがに熟知している。正体を知られ、命を落とす岡っ引がどれほど多いことか。

「なあ、とっつあん」

今度は声をひそめてきた。

「どうして手下を持たねえんだい」

それか、と伊造は思った。手札を預けられている滝口米一郎にもきかれたことがある。

以前はつかっていた。しかし、今はつかう気はない。

「そのうち教えてやる」

「そのうちなんていわねえで、今、教えてくれよ。どうせ今夜、やつはあらわれねえよ」

「それはおまえの勘か」

いやな顔をして、豪之助がそっぽを向く。

その仕草がなんとなくかわいらしかった。やはりいくつになっても子供は子供なのだ。

「話してやるよ」

「本当かい」

伊造は語りはじめた。

「手下は三人いた。みんな、気のいいやつだった。だが、わしのしくじりで二人を死なせた。それ以来、つかっていない」

「なにがあったんだい」

豪之助が興味できいているわけではないのがわかった。心から父親になにが起きたか知りたがっている顔だ。

「もう二十年近くも前のことだ。おまえがまだ小さかったときだな」

その頃、伊造は三人の手下とともに、一月のあいだに三軒の商家を連続で襲った押しこみの探索をしていた。押しこみは凶悪で、ほとんどの商家で家族、奉公人を問わず、皆殺しにしていた。生き残った者はほんのわずかで、その者たちから押しこみは五名であるのが知れた。

伊造は滝口米一郎の父親の米左衛門の命を受けて、徹底して探索した。

襲われた三軒のうち、最後の一軒の商家で生き残った者に目をつけた。その男は遊びまわったというわけではないが、奉公先を失ったというのにずっとふらふらとしたままで、暮らしに窮している様子はまったく見えなかった。

最初の二軒はさして大きな商家ではなく、押し入るのに力ずくでも楽にいけたが、最後の商家は大店といえた。なにか策を考えなければならなかったはずだ。

それで、内通者をつくりあげた。つまり三軒目の商家こそが、押しこみどもが最も襲いたかった店ではなかったのか。

「でもさ、とっつあん」

豪之助が割りこんできた。

「どうして押しこみどもは、三軒目の商家の内通者の口封じをしなかったんだい」

ほう、と少し感心して伊造はせがれを見つめた。意外に頭は悪くないのかもしれない。

「当時のわしもそう考えた。豪之助、内通した奉公人をどう見る」

「どう見るって」

豪之助はつかの間、思案した。

「一番考えやすいのは、内通した者こそ押しこみの一人ってことだね」

「そうだ。わしも同じようににらみ、その男を徹底して張った」

男は一月のあいだ目立った動きは見せなかった。潰れてしまった奉公先から新しい長屋に移り、近所の煮売り酒屋へ飲みに行ったり、岡場所に女を買いに行ったりして、気ままに暮らしていた。ただし、酒はほんの少ししか飲まず、決して深酒はしなかった。

男が動きを見せたのは、長屋で暮らしはじめて二ヵ月後だった。少し身ぎれいにして、ある夜、出かけたのだ。

決して気取られないように心を配って、伊造たちはつけた。

男は、とある一軒家に消えた。そこは、常陸府中（ひたちふちゅう）で四万石を領する松平（まつだいら）家の上屋敷裏だった。家は、田畑のなかにぽつんとある林に建っていた。

すぐさま近づくような真似はせず、家の様子をじっくりと見た。すると、一人、二人と別の男がやってきて、家に入ったのは最初の男を入れて四人になった。

もしや押しこみの頭が一軒家に住んでいて、配下の四人が集まったのだとしたら。

伊造は、急いで手下の一人を八丁堀に走らせた。

それから一刻半近く待ったが、手下は奉行所の者を連れて戻ってこない。いつやつらがあの家を出るか知れたものではない。

伊造は、どうするか考えたが、そのときすでに心は決めていた。

「突っこんだのかい」

豪之助がきいてきた。

「そうだ。手下の二人と一緒にな」

伊造はまだその頃、十分な若さを残していた。その若さが気をはやらせた。

男たちは不意を突かれ、あわてかけたが、すぐに態勢を立て直した。

結局、数にまさった男たちに伊造たちはさんざんにやられ、二人の手下は死んだ。

伊造は重傷を負った。生死の境を六日のあいださまよったのち、なんとか目覚めた。

二人が死んだときいたときには、伊造は死にたくなった。

「でもさすがとっつあんだな」

豪之助が目を輝かせていった。

「体にいくつも残っている古傷は、そのときのものなんだろ」

伊造はせがれを見返した。

「なんだい、俺が傷のことを知らないとでも思っていたのかい。幼い頃から湯屋でも見たし、天気が悪くなると、いつもしくしく痛むらしいのもわかっていたさ」

「豪之助、そんなわしの、なにがさすがなんだ」

豪之助の瞳に敬うような色が出てきているのに、闇のなかながら伊造には見えた。

決まってら、と豪之助がいった。

「二人の手下と同じくらいひどい傷を負わされたのに、生き返った親父の力さ。その魂のでかさ、俺も受け継いでいればいいなあ」

こいつは、と伊造は思った。岡っ引を継ぎたいと思っているのだろうか。

その晩、鼠苦手小僧はあらわれなかった。

六

道賢より先に姿を消したもう一人の僧侶である舜瑞が住職をつとめていた寺は、吟水寺といった。

寺は雑司ケ谷村にあった。境内はせまく、道賢が住職だった本累寺とほぼ同じ広さのように思えた。

南側に雑司ヶ谷の町並みが見えているが、あたりはほとんどが田畑で、小さな寺は緑に囲まれているといってよかった。

閉じられている山門も小さく、これなら富裕な商家の別邸のほうがよほど立派な門を設けている。

三段ほどの階段をのぼって、夏兵衛は山門を押してみた。びくともしない。

脇のくぐり戸はたやすくひらいた。夏兵衛は、ごめんなさいよといって境内には入りこんだ。

正面に本堂が建ち、右手に庫裏がある。その横に古ぼけた鐘楼があった。

建物はそれだけで、この簡素さも道賢の本累寺とよく似ている。

ただ、本累寺とは異なり、寺男は置いていないようだ。いや、いたのかもしれないが、舜瑞の失踪からすでに一月たち、いられなくなったのかもしれない。境内や庫裏、本堂に人の気配は感じられなかった。

一応、庫裏のなかを見た。これは寺社奉行配下の戸ヶ崎陣兵衛に許しをもらっている。口上だけではむろん足りないので、陣兵衛からは書きつけももらってきている。なにか不都合があった際は、これを示せばよいとのことだ。

その書きつけは、懐の奥に大事にしまっている。

しかし、と夏兵衛は思った。参信と陣兵衛の二人はどういう関係なのだろう。寺社奉行配下と僧侶というつながりだけでないのは確かだ。でなければ、あの親密さは醸しだされないだろう。

昨夜、陣兵衛に、どうして巻真寺を住みかにしているのかきかれた。たいてい、すねに傷持つ者は町方の手が及ばないところに隠れるから、陣兵衛もそういうことを念頭に置いてたずねたのかもしれない。

やくざ者から救ってくれたと参信との出会いを夏兵衛が少しぼかして語ると、陣兵衛は納得してくれたようだ。

三年前、実家を飛び出た夏兵衛は当初、賭場で知り合ったやくざ者の一家に世話になっていた。

素人衆には手をださないやくざ一家で、気のいい若い者もいて、夏兵衛はそこを気に入っていた。そのことを知っていたから、賭場にもよく出入りしていた。

しかし、やくざ一家に世話になって三ヵ月後、そのやくざ一家が賭場でいかさまをしているのを知った。

そのとき夏兵衛は、これまでその賭場で繰り返された光景を思い起こした。それまで馬鹿づきしていたのに、それがどうしてか急につかなくなり、一気に有り金すべてを吐きだすということが何度か続いたことがあった。

不自然な負け方にいかさまを疑ったことも正直あったが、やくざの若い衆に飲みに連れていってもらい、負けを慰められるとそんな思いはすぐに消えたものだ。

自分もはめられたのだ。若い衆は慰めつつ、夏兵衛のことを腹で笑っていたにちがいないのだ。

そのことでやくざ者と大喧嘩（おおげんか）し、結果、夏兵衛はぼこぼこにされた。命までは取られなかったものの、すべての傷が治るまで一月以上かかった。

夏兵衛としてはなんとか復讐したかった。だが、殴りこみに行ったところで返り討ちにされるのが落ちだ。ほかに手を考えなければならなかった。

それで思いついたのが、やくざ者から金を奪うことだった。といっても一家の家に押し入り、強奪することなどできない。

それで盗みに入ることを思いついた。子供の頃から身ごなしがすばやく、手先も器用だった。近所の錠前屋に幼なじみがいたが、その子の家に遊びに行って小さな蔵にしまわれている錠前を次々に細い鉄の棒であけたときの気持ちよさは、長じてからも失われていなかった。

やくざ一家が賭場で得た金をどこにしまうか、それは調べるまでもなく知っていた。

寺で開帳される賭場が終わるのは朝の七つ（午前四時）頃で、その日のあがりはすべて一家の暮らす家に持ってこられ、親分の部屋の木簞笥にしまわれる。

この木簞笥は隠し金庫になっていて、親分が肌身離さず持っている鍵をつかわないとあかない代物だった。

鍵を親分から取るのはまずできることではないので、夏兵衛は隠し金庫を狙うのをはなから決めていた。

ほとんどの者が寝入っている朝の六つ（午前六時）前、やくざ者の家に屋根から侵入し、親分の部屋に忍びこんだ。

親分は妾と同衾（どうきん）していたが、二人ともいぎたなく眠っていた。さすがに盗みに入るのははじめてで緊張したが、木簞笥の金庫から金を盗むのは意外にたやすかった。からくりはたいしたものではなかった。

そのときいただいたのは、二十両ほどだった。そのあともう一度、狙い、今度は三十両以上の収穫があった。

ちょろいもんだぜ。

これで胸のつかえがおりた気がした夏兵衛は、やくざ者の家に忍びこむのはやめた。これ以上やっては、侵入するのが朝ということもあり、さすがにつかまるのは見えていたからだ。

ただ、このことで盗人としての才が開花しはじめたのは紛れもない。

その後、やくざ者からいただいた金で長屋を借り、酒と女で遊び暮らしていた。そのときに夢中になった女がいた。

とある煮売り酒屋の女で、何度通ってもなかなかものにできなかった。

ある夜、やっと口説き落とし、女が行きたいといった出合茶屋に夏兵衛は意気揚々と向かった。

出合茶屋の二階の部屋に入り、さっそく女を抱こうとしたとき、あらわれたのはやくざ者だった。やくざ者は、俺の女になにしやがる、と決まり文句ですごんだ。

あらわれたやくざ者は夏兵衛が一時世話になっていたやくざ一家の者ではなかったが、夏兵衛はこんな美人局（つつもたせ）の手に引っかかった自分に腹が立った。

なめるなとばかりに男を袋叩きにした。ほとんど半殺しだった。あのときの女の悲鳴は今でも頭に残っている。

そんなことがあったあとも、夏兵衛は酒と女に溺れる暮らしを変えなかった。そのために、美人局をしたやくざ者に住みかを突きとめられたことに気づかなかった。ある夜、煮売り酒屋でかなり飲んでひどく酔ったとき、女のいる店に行こうとしていきなり襲われた。

あらがうことなどできず、夏兵衛はされるがままになった。体中傷だらけになり、雑巾(ぞうきん)のように地面に横たわった。

思い知ったか、この野郎。美人局をしたやくざ者の声がし、なまあたたかいものが頬についた。

それで、なにが起きたのか、夏兵衛はぼんやりとした頭で解した。簀巻(すま)きにされ、近くの川に投げこまれようとして、それをとめる声が耳に届いた。だがやくざ者はその制止の声をきかず、夏兵衛を川に放りこもうとしたようだ。

そのあといきなりやくざ者の悲鳴が立て続けにきこえ、唐突に静かになったと思ったら、目の前がなんとなく明るくなった。

夜空を背景に、つるつるにした頭が目に入った。

「こりゃずいぶんと手ひどくやられたものじゃなあ」

のんびりとした声がきこえ、手が差しのべられた。

腫れてふさがった目であたりを見ると、数名のやくざ者が地べたに転がり、うめき声をあげていた。

「なにをしたんです」

かすれ声でただした。

「なーに、ちと柔をつかっただけよ」

僧侶はうそぶいた。それが参信との出会いだった。

あのときの参信和尚は、と夏兵衛は吟水寺の山門を出て思った。とんでもなく強く思えたものだった。酔っ払っていた夏兵衛が七名いたやくざ者にあらがえなかったのは仕方ないかもしれなかったが、それにしても七名を相手に叩きのめすというのは、そうたやすくできる業ではない。しかも相手は素人ではない。出入りなどで場慣れしたやくざ者なのだ。

夏兵衛は参信に柔を習うことにし、通うのが面倒くさかったので巻真寺に住むことにしたのだ。

参信にほぼ毎日稽古をつけてもらい、ようやく参信を手こずらせることができるところまできた。

参信には、お世辞ではなく、筋のよさをほめてもらっている。

「夏兵衛、おまえのいいところは、とにかく腰に力があるところだ。なんというか、大海を泳ぐ鯨を思わせる力強さだな。こういうのは天からの授かり物でな、産んでくれた二親に感謝するんだな」

やくざ者に襲われ、簀巻きにされたときから夏兵衛は深酒をしなくなった。飲んでもせいぜい二合どまりだ。斗酒さえ辞さずだった頃とは雲泥の差だ。

檀家たちを当たり、舜瑞のことをきき続けた。しかし、これといって当たりくじを引くことはできなかった。

夕闇が近づいてきて、昨日の視線のことを思いだし、はやめに引きあげようかという気になったが、もう少しほかの人たちにも話をきいてみようという思いが頭を占め、夏兵衛は話をきき続けた。

収穫があったといえたのは、雑司ヶ谷町の煮売り酒屋に入ったときだ。そこに舜瑞のことを知っている町人がいて、前に町内の口入屋のあるじとしきりに話している舜瑞を見たことがあるといったのだ。なにか声をひそめていたとのことなので、その町人は舜瑞が口入屋を通して妾でも囲おうとしているのではないかと思ったとのことだ。

その町人が今宵、とことん酔っ払っても大丈夫なように過分な代を支払って煮売り酒屋をあとにした夏兵衛は、さっそく口入屋に向かった。

そのときには日は西の空に没し、江戸の町は闇の色に包まれはじめていた。口入屋の島田屋(しまだや)は店を閉じる直前だった。

夏兵衛は無理をいって入れてもらい、あるじから話をきいた。もちろん、戸ヶ崎陣兵衛から託された書きつけを見せることを忘れない。

あるじによると、確かに舜瑞に妾を世話したとのことだった。それは一年ほど前のことで、その女はまだ舜瑞が用意した家に住んでいるとのことだ。

「舜瑞和尚は、女が好きだったんですかい」

夏兵衛はたずねた。

「いえ、そういう人ではありませんでした。むしろ自分を律することこそ修行の道であるとよく解されているお方でした」

「でしたら、なぜお妾を」

「いえ、理由はお話しになりませんでした。なにか理由があるのだろうとは思いましたが、ほかのただの好色な坊さんたちとはちがい、なにかわけがあるのだろうとは思いましたけど……」

「さようですかい」

夏兵衛は小田原提灯に灯を入れ、舜瑞の妾のもとに足を運んだ。

妾は、おたねといった。格別器量がいいというほどではないが、やさしげな顔つきをしていた。あとはいかにも健やかそうな体つきと血色のよさが目立った。

おたねは、舜瑞が用意した家以外に行き場がないという風情で、舜瑞がいなくなってしまったことにひどく困惑していた。

舜瑞が失踪したのをおたねが知ったのは、吟水寺から舜瑞がいなくなってすでに十日近くたってからだったという。

「どうしてそんなに長く気づかなかったんですかい」

「和尚さまは、ふだんはたいてい三日に一度ほどはこの家に見えていたんです」

夏兵衛はおたねにきいた。

夏兵衛はうなずいてみせた。

「それだったらもっとはやく気づいてもいいのではないか、と思われるかもしれませんけど、和尚さんは月に一度、十日ほどのあいだ、この家にお姿を見せないことがあったんです」

「和尚が失踪したときも、姿を見せない時期と思っていたんですね」

「はい、その通りです」

夏兵衛はすぐに問いを続けた。

「舜瑞和尚はその十日のあいだ、なにをしていたのですか」

おたねがかぶりを振る。

「私にはわかりません。前に、きいたことがあったのですけど、和尚さまはお話しくださいませんでした」

これは、と夏兵衛は思った。道賢が七日から八日のあいだいなくなるのと同じなのではないか。

道賢と舜瑞。二人のあいだに相通ずるものはこれだろう。これが二人の失踪に関係しているのではないか。

道賢と舜瑞は、寺を長く留守にしているあいだ、いったいどこでなにをしていたのだろうか。

「おたねさん、最後にききたいことがあるんだが」

「はい、なんでしょう」

「舜瑞和尚だが、どうしてあんたを妾にしたんだい。ああ、勘ちがいしてもらっちゃ困るんだが、あんたが和尚にふさわしいとか、ふさわしくないとかきいているんじゃない。舜瑞和尚は妾を持つような人ではないという評判をきいているからだ」

おたねはしばらく黙っていた。夕闇が濃くなり、じっとうずくまるように座っているおたねの姿は、そのまま消え入りそうに思えるほどはかなく見えた。

おたねが目をあげた。

「和尚さまは、お子をほしがっていらしたのです」

「子供を?」

「ええ。この世に自分が生まれ出た証は、なにより子供だろうとおっしゃって」

なるほど、それならおたねを選んだのは納得できる。おたねはいかにも健やかな女だ。

「和尚の世話になってから一年といったね。できたのかい」

おたねが残念そうに首を振る。

「そうか……」

夏兵衛はそのあとの言葉が続かなかった。おたねは舜瑞を心からいとおしく思っている様子だ。それだけに、子ができなかった無念の思いはよくわかった。

それに、と夏兵衛は思った。もう二度と舜瑞の子を身ごもる機会はめぐってこないかもしれないのだ。

そのことは、おたねもわかっているのだろう。その思いがあらわれ、さっきのおたねのはかなさにつながったのではあるまいか。

七

夏兵衛は翌日も探索を続けた。

しかし、いろいろな人にあらためて話をきいたが、さしたる実りはなかった。道賢や舜瑞が寺を長いこと不在にしているあいだなにをしているか、知っている者は一人としていなかった。

道賢と舜瑞の二人につながりがないか、それも調べてみた。だが、この日の調べではなにもつかめなかった。

一日動きまわってなにもつかめないと、さすがに少し疲れを覚える。それに、今日は風が特に冷たい。もう冬は江戸のすぐ間近まで迫っている。

明日、がんばるか。

夏兵衛はそう決め、日暮れ前に探索を切りあげた。

このところ手習をしていない。だからといって、これまで習ったことを忘れるようなことはないし、もともと字は書けるから、手習をしていないからといって不都合な

ことはなにもない。

ただ、子供たちの顔を見られないというのがつらく、寂しかった。鯛之助（たいのすけ）たちは元気を与えてくれる薬みたいなものだ。

今、子供たちはなにをしているのだろう。手習を終えたあと、一緒になって遊んだにちがいない。

この刻限ならもう遊びを終え、それぞれの家に帰っただろう。笑顔を一杯に浮かべ、夕餉（ゆうげ）を家族と一緒に食べているはずだ。

家族と一緒か、と夏兵衛は思った。うらやましい。もちろん夏兵衛も子供の頃はそうだった。

だがどこかでおかしくなり、結局は家を飛び出ることになってしまった。父親には勘当された。もう生まれた家には戻れない。

寂しいなあ。

母親のおのぶの顔が夕焼けの空に映った。おのぶらしい穏やかな笑みを頬に浮かべ、夏兵衛を見おろしている。

無性に会いたかった。だが、会いに行くわけにはいかない。

俺はこれからどうなるんだろう。

盗人で金を稼ぎ、この世を生きてゆくのではやはりつまらない。生きてゆくのに、なにかやり甲斐がほしい。

やはり探索や人捜しを生業とすべきなのだろうか。盗人はわくわくするところがあっておもしろいが、一生できることではない。やり続ければ必ず死が待っている。いつか足を洗わなければならないのは確かだ。

どうすべきなんだろう。

今はわからなかった。なにがいいか、きっとときが導いてくれるはずだ。

空を見あげた。すでに夕焼けは消えかかっており、藍色の空になっている。

夏兵衛は由岐（ゆき）の面影を思い浮かべた。会いたくてならなくなった。

夏兵衛は、小石川諏訪町（すわちょう）に足を運んだ。鴨下（かもした）という赤提灯が見えてきた。自然に早足になった。

由岐は今日、来ているのだろうか。

期待に胸が高まってゆく。はやく会ってはやく抱きたい。

店に入る。相変わらず客は一杯だ。

「おう、夏さんよ」

小あがりから声をかけてきたのは、この店で知り合った豪之助だ。

「豪之助さん、また来てたのか」

「当たり前よ。お里の顔を見ないと、俺は死んじまう気がするんだ」

夏兵衛は豪之助の隣に腰をおろした。豪之助がすまなげな表情になる。

「どうしてそんなしけた顔、するんだい」

豪之助が頭をかく。

「俺が謝っても仕方ねえことなんだけどさ」

そういわれて夏兵衛はぴんときた。

「来ていないのか」

「ああ、今日、お由岐さんは休みだ」

「そうか」

できるだけ気落ちした顔を見せないように気を配ったつもりだったが、うまくいかなかったようだ。

「そんなにしけた面、しなさんな。別のいい娘が入ったようだよ。そっちにしたらいいじゃねえか」

豪之助に肩を叩かれた。

「いや、ほかの女はいい」

「試してみたらいいのに。でも無理強いはよくねえよな。——夏さん」

声をひそめて呼びかけてきた。

「だったら、よそで飲み直さねえか。こんなしけた店じゃなくてさ」

「——しけた店で悪かったね」

すかさず女将のおれんの声が飛んでくる。

豪之助が首を縮めた。

「おっと、きこえちまったか。相変わらず耳だけはいいばばあだ」

「そいつもきこえてるよ」

「すまねえな、女将。今度からはもっと声を小さくするよ」

「そうだよ、豪さんはそいつをよく覚えたほうがいいやね」

おれんがいって、燗をつけた酒の様子を見はじめた。

「でもいいのかい」

夏兵衛は豪之助を見つめ、上を指さした。

「お里さんが待っているんじゃないのか」

豪之助がにっこりと笑う。

「いいさ。お里はお由岐さんとちがっていつもいるもの。逃げやしねえ。それに、俺はもう一度すんでいるんだよ」

「なんだ、そうだったのか」

「そうさ。だから、俺に気をつかうことなどないのさ。一度、夏さんとはじっくりと角突き合わせて飲んでみたかったし、俺自身、ちと親父とあまりうまくいってなくてさ、ちょっとかりかりしてんだよ」

鴨下を出た夏兵衛は豪之助と肩を並べて、暗い道を歩きはじめた。提灯の淡い光が闇の壁を少しずつ崩してゆく。

「どこに行くんだい」

夏兵衛はきいた。

「ちょっと歩くけど、うまい酒とうまい料理の店があるんだよ。まあ、俺を信用してついておいでよ」

神田上水沿いに豪之助に連れていかれたのは、金剛寺門前町だ。

金剛寺というと、滝野川村にある金剛寺が紅葉寺として有名だ。小日向水道端にあるこちらの金剛寺はなにか有名なものがあるのか、豪之助にきいた。

「いやあ、俺は知らねえなあ。なにが有名かなんか、どうでもいいことなんじゃねえの」

豪之助は、寺のことなどまったく関心がないようだ。町に入ってしばらく歩いた。やがて豪之助が足をとめ、冷たい風に揺れる暖簾を指さした。

「ここだよ」

ただの煮売り酒屋にしか見えない。いや、煮売り酒屋というには少しせまいか。小料理屋という風情を夏兵衛は感じた。

「ごめんよ」

手慣れた様子で豪之助が暖簾を払い、戸をあけた。

なかは厨房と八畳ほどの座敷が一つあるだけだ。客は職人らしい三人組がいるだけだ。

「空いてるな」

夏兵衛は豪之助にささやきかけた。豪之助がにっこりと笑う。

「穴場なんだよ」

「そうなのか」

それにしても、店の者らしいのが一人もいないのはどういうことなのか。

「そんなにきょろきょろしてないで、夏さん、座りなよ」

夏兵衛は豪之助の言葉にしたがった。

「夏さん、こんなこときいていいのかわからねえけど、おまえさん、なにを生業にしているんだい」

「ああ、別にかまわない。俺は今、庭師の真似ごとみたいなことをやっている」

「庭師かい。じゃあ、剪定ばさみをつかってちょきんちょきんとやっているわけだ」

「そういうことだ。豪之助さんはなにを」

「俺かい。俺はなにもしていねえよ」

「なにもしていねえってことはないだろう。鴨下に払う金だって、馬鹿にならないだろうし」

豪之助が下を向いた。

「夏さんには正直にいうけど、妹に恵んでもらっているんだよ」

「妹さんに？」

「ああ。妹は一膳飯屋をやっていてさ、そこがとても繁盛しているんだよ。だから俺は妹に小遣いをもらって、遊ばせてもらっているようなものさ」

嘘にはきこえない。

「夏さん、妹のやっている店は清水屋というんだ。小石川の菊坂田町にあるから、一度来てよ」

「わかった、行くよ」

「妹は俺に似て美形だからさ、夏さん、きっと惚(ほ)れちまうぜ」

豪之助は優男(やさおとこ)といっていい。妹が似ているとしたら、美形なのはまずまちがいない。

でも、と夏兵衛は思った。俺は由岐がやはりいい。

「ところで豪之助さん、親父さんのことでかりかりしているといっていたけど？」

「ああ、そうなんだよ。あの親父、俺をこの寒空に駆りだしやがんだよ。それで逃げてきたんだ。昨日はいい話をきかされて、ちょっと見直したんだけど、俺は今日の寒さにはちと耐えられなかった。それで親父の目を盗んで逃げだしてきたんだ」

「親父さんはなにをしているんだい」

夏兵衛はきいた。そのとき厨房の奥のほうから物音がきこえて、料理人らしい男が姿をあらわした。ねじり鉢巻をかたく締めている。

「ああ、すまねえな」

料理人は豪之助を見て、頭を下げた。やや甲高い声をしている。

「ちょっと厠(かわや)に行っていたんだよ」

「いや、いいってことよ」

豪之助が鷹揚にいう。

「だすものをださなきゃ、体に悪いからな」

「そうだよな」

「ああ、女将、友達を連れてきたぜ。うんとうまい物をたんと食わせてやってくんな」

あれ、と夏兵衛は思った。今、豪之助は女将といわなかったか。

そんな夏兵衛を豪之助がおかしそうに見ている。

今のがききまちがいでなければ、目の前に立っている男の料理人にしか見えないのは、つまり女ということになる。

「そうなんだよ、夏さん、あれで女なんだよ」

豪之助がこそっと耳打ちする。

「へえ、そうなのか」

夏兵衛はまじまじと見てしまった。どう見ても男にしか見えない。顔は角張り、眉は太い。しっかり剃っているようだが、ひげもうっすらと見えている。

女将が夏兵衛を凝視している。

「いい男だね。まかせておきな」

「惚れちまったかい、女将」

「ええ」

本当に女将は顔を赤らめた。しかし色っぽさとは無縁だ。むしろ滑稽（こっけい）な感じがする。

「名はなんというんですかい」

女将にきかれ、夏兵衛は名乗った。

「夏兵衛さん。すてきなお名だ」

「はあ、ありがとう」

「夏さん、女将に名をきいてあげなよ」

夏兵衛はそうした。

女将は、ゆかりという名だった。

ゆかりねえ、と夏兵衛は思った。世の中にはいろいろな者がいるのはわかっているが、ここまでゆかりという名が似合わない女はほかにいないのではないか。

しかし、次から次へとだされる酒と料理はたいしたものだった。刺身や焼き魚、煮魚などはどれも新鮮で、美味だ。

屋の者たちも、すでに寝静まっているだろう。

伊造は張りつめた神経をゆるめることなく、あたりの気配に心を配り続けた。

どのくらいときがすぎたのか。

伊造ははっと我に返った。どうやらまどろんでいたようだ。

この寒いなか、眠れるとは思わなかった。もっとも、いつしか冷たい風はやんでおり、代わって南からの風が吹きはじめているようだ。そのために、大気も少しはあたたかくなっている。

おや。

今、人が動いたような気配がしなかったか。

伊造は目を凝らした。

やっぱり来やがった。

高井屋の屋根にうつぶせているような人影が一瞬、見えたのだ。

屋根を破り、下におりてゆこうというのだろう。

そうはさせるか。

伊造は胸につるした呼子笛を口に当て、思い切り吹いた。

ぴりぴりぴり。

静寂の壁にひびを入れるような音が響き渡る。

屋根の上の影が、驚いてびくりとしたのがわかった。

野郎、今ふん縛ってやるからな。


いきなり呼子が鳴り響いたのには、びっくりした。

夏兵衛は屋根から転げ落ちそうになった。瓦をつかんで、かろうじて体を支える。

まずいぞ。呼子が鳴ったということは、網を張られていたということだろう。

下は番所の者たちがうごめいているのではあるまいか。

今夜が年貢のおさめどきなのか。

母親のおのぶの顔が浮かんだ。獄門になるせがれを知って、なにを思うだろうか。

いや、こんなことを考えている場合ではない。とにかく逃げなくては。

あきらめずにいればきっと道はひらける。こんなところでつかまってたまるか。

夏兵衛は屋根を走り、呼子が鳴ったのと反対の方向に出た。路地を見おろす。

いくら夜目が利くといっても、路地は黒い水でも流れているかのように暗く、すべてを見通すことはできない。

しかし人の気配は感じられない。番所の者がいるのだったら、龕灯(がんどう)が向けられているだろう。

おかしいなと思った。呼子が鳴った割に、どこからも御用、御用という捕り手らしい声がきこえてこないのだ。

なにか妙だ。

だがその理由を考えている余裕などない。ここはなにも考えず、それを僥倖(ぎょうこう)とするのがいい。

夏兵衛は屋根にぶら下がり、腕力で弾みをつけて路地に飛びおりた。いつも思うことだが、宙を飛ぶ感じがとても心地いい。鳥になったような気分に一瞬なれる。

路地には誰もいない。そう判断して走りだそうとした。

しかしいきなり前途をさえぎられた。

「この野郎、観念しやがれ」

しわがれ声だ。年寄りであるのを夏兵衛は覚った。どうやら岡っ引のようだ。

闇になにかが光り、それが振りおろされてきた。十手を容赦なく打ちつけようとしている。

冗談じゃねえ。

十手を頭や顔にまともに受けたら、それだけで動けなくなってしまう。夏兵衛は横に動いて避けた。夏兵衛を追って十手が払われる。夏兵衛はそれもよけたが、岡っ引らしい男はその動きを予期していたようだ。というより、そう動くように夏兵衛をいざなったのだ。

夏兵衛のがら空きになった左肩に、十手を打ちこんできた。

年寄りなのにやるな。

ぎりぎりで避けた夏兵衛は素直に感心した。岡っ引として、よほどの手練なのだろう。この年寄りが俺が次に狙う店を予期し、張りこんでいたのか。

ということは、一人なのか。

こんなことを思えるほど夏兵衛には余裕があった。参信と柔の稽古に明け暮れている夏兵衛にとって、この程度の十手は子供が振っているようにしか見えないのだ。なにしろ参信の手や足の動きは、まさに目にもとまらぬはやさなのだから。

渾身の力をこめた十手をかわされて、岡っ引らしい年寄りは唇を嚙んだようだ。今度は十手を振りまわし、突進してきた。やけくそになったように見えたが、この手練の岡っ引がそんな真似をするはずがない。

十手を夏兵衛の腹に打ちこんできた。だがそれはおとりだった。

一瞬、腹への十手に気を取られた夏兵衛の死角をついて、男の左腕が頭上から襲いかかってきたのだ。

拳で殴りつけようとしていた。夏兵衛は左手でかろうじて受けとめた。腕にしびれが走る。

男の左手は、夏兵衛の頭をまさぐりはじめた。夏兵衛がしているほっかむりを取ろうというのだ。

そうはさせるかい。

夏兵衛は男に体を預けるようにするや、投げを打った。

男が必死にこらえようとするが、夏兵衛の技には切れがある。腰から地面に叩きつけられた。

なにか声をあげそうになったが、それはなんとか耐えたようだ。

それでも男は、夏兵衛の腕を放そうとしない。執念だ。

夏兵衛は腕を振りまわした。男の力がゆるみ、その隙に夏兵衛は腕を振り払った。

走りだし、一気に路地を抜けだす。通りに出るときは少し怖かったが、そこに捕り手が待ち構えてはいなかった。

やはり、今の老岡っ引だけが高井屋を張っていたのだ。

危なかった、と走りながら思った。あれでもう一人か二人、手下でもいたら確実にとらえられていただろう。

それにしても、俺は今夜どうして高井屋を狙おうと考えたのか。

うまい酒が入って、気が大きくなっていたのだ。それ以外、なにもない。

たわけたことをしたものだ。

なんの備えもなく、気持ちの動きだけで盗人働きをしちゃならねえ。

耳元を激しくすぎてゆく風の音を感じながら、夏兵衛は強く思った。

第三章　天女おしろい

一

十月になった。

神無月（かんなづき）になると、冬がやってくるのだなあと子供の頃から強く思う。

町奉行所の月番は北町から南町へ変わることになる。あの老岡っ引は北町の同心の手札をもらって動いているのだろうか。

だとしても、探索をやめることは決してあるまい。非番の月だからといって、北町奉行所も仕事を休んでいるわけではないのだ。

それに、あの老岡っ引の執念はすさまじいものがあった。

畳に寝転がって、夏兵衛（なつべえ）は左の手首の内側を見た。そこにはあの老岡っ引につかまれた際のあざが残っている。

すでにあれから四日たって、あざは消えかかっている。もう気になるものではなくなっているが、これは老岡っ引の気持ちそのものをあらわしている。

正直いえば、あの老岡っ引が誰だったのか調べたい気持ちがあった。やめておいたのは下手につつくと、気取られかねないという思いがあったからだ。

岡っ引というのは、世間に対して正体を隠している者が多い。そうでない者も少なくないらしいが、腕のいい岡っ引というのは、まず世間に正体を知られてはいないだろう。

こちらが探りはじめたら、あっという間に覚(さと)るのではないか。それだけの鋭さが、あの老岡っ引にあったのを、夏兵衛は四日前の格闘の最中、確かに感じ取っている。

相当の手練(てだれ)として番所内で名を馳せているのはまちがいあるまい。それだけに、逆に正体を暴くのはかなりむずかしいのではないか。

しかし危なかったな。

この三日のあいだ、何度も思ったことを夏兵衛は再び思った。巻真寺(まきしんじ)の境内に建つ家にこもりきりだった。怖くて外に出られなかった。

ほっかむりは取られていないし、もともとあの闇のなかだ、顔は見られていない。

だから大丈夫ではないか、という気持ちもあったが、寺を一歩でも出たらいっせいに捕り手に囲まれるのではないかという恐怖にさいなまれてもいた。

自分の小心さを思い知らされた三日間でもあった。

しかし、今はもう立ち直っている。今日は他出するつもりでいる。さすがに体が腐りそうな心持ちになっていた。

参信はむろん夏兵衛が三日ものあいだ家にこもっていたことを知っていたようだが、なにもいわなかった。

夏兵衛は起きあがった。首を軽くまわす。少し首筋にこりがあり、腰に重みはあるが、たいしたことはない。腰の重さはずっと横になっていたからだろう。

体自体は軽そうだ。これなら外に出てもなんの支障もないだろう。

腰を叩きつつ、立ちあがった。そういえばと思う。あのとっつあん、大丈夫かな。

夏兵衛は老岡っ引のことを案じた。

この俺に投げられて、腰をしたたか打ったはずなのだ。歩けているだろうか。もしかすると、今も寝ているなんてことがあるかもしれない。

いや、そんなことはどうでもいい。今はおのれの心配をしたほうがいい。俺をとらえようとした老岡っ引の体を気にかけるなど、どうかしている。

夏兵衛は苦笑した。

俺も人がいいな。

空腹に気づいた。この三日、ろくに食べていない。食べたのは自分でつくった雑炊くらいのものだ。

体が軽く感じられるのは、ろくに腹に入れていないからにちがいない。

ずっと着たきりだった着物を脱ぎ、下帯も替えた。湯にも入りたかったが、今は我慢する。とにかく着物を替えただけで、心が洗われたような気分になった。

夏兵衛は障子をあけた。風が流れこんでくる。冷たい。雲はほとんどない空で、太陽は頭上で輝きを放っているが、どこかくすんだような光であるのは否めない。

やはり十月なのだなあ。

太陽に夏の頃の勢いなど求めることはできない。これから江戸はどんどん寒くなってゆく。暑いほうが好きな夏兵衛には少しつらい季節だ。

風の冷たさに一瞬、ひるみを覚えたが、夏兵衛は沓脱ぎ(くつぬ)の雪駄(せった)を履(は)いた。歩きだす。

境内は緑が濃く、いい枝振りの木が多い。我ながらいい仕事をしているのではないかと思わないでもない。

あと数日はなにもせずにいていいだろう。参信も夏兵衛の仕事ぶりに満足しているからこそ、この三日、なにもいわなかったにちがいない。

急にあたりが暗くなった。どこから出てきたのか、唐突にあらわれた小さな雲が太陽を隠したのだ。

夏兵衛はその雲に人の顔が見えたような気がした。鴨下(かもした)で春をひさいでいる由岐(ゆき)だ。

会いたいなあ。

あの白い肌に唇(くちびる)を押しつけたい。

今宵、行くか。いてくれればいいが、果たしてどうだろうか。

雲が動いて、再び太陽が顔を見せた。それを合図にしたかのように、夏兵衛は歩を進めはじめた。なんとなくうしろめたさがあるのは、雲に思い描いたのが母親のおぶではなかったからか。

庫裏(くり)の前を通ったが、人の気配は感じられず、静かなものだ。参信も千乃(ちの)も出かけているのだろうか。

山門はひらかれている。外が見えており、夏兵衛は緊張した。

ゆっくりと近づいて、山門から外をのぞき見た。人が歩いている。だがそれはどう見てもただの町人で、夏兵衛をとらえようと殺気立っている者ではない。

夏兵衛は山門の下にたたずみ、しばらく目の前の道に変わった動きがないか、注視し続けた。

なにも起きない。行商人や侍、商人、隠居らしい年寄りなどが急ぎ足で、あるいはゆっくりとした歩調で行きすぎてゆく。駆けてゆく子供たちの姿も目立つ。

鯛之助（たいのすけ）たちを思いだした。ここしばらく会っていない。会いたい。鯛之助たちも同じ気持ちでいてくれるだろうか。

よし、これなら大丈夫だ。俺をとらえようとしている者はいない。

夏兵衛は道に出た。思い切りのびをする。体が解き放たれたようで、気持ちよい。勢いをつけるように歩きだす。まずは腹ごしらえだ。

目についた煮売り酒屋が店をあけ、飯を食わせていた。そこで鮭を食べた。塩がのりすぎているくらいだったが、おかげで飯を三杯おかわりした。わかめと豆腐の味噌汁も美味だった。これなら夜、飲みに来てもうまい物を供してくれるだろう。

煮売り酒屋を出た夏兵衛は、小石川御箪笥町（こいしかわおたんすまち）に向かった。

この町で道賢（どうけん）に関する探索を行った。

だが、またもなにも得ることができない。四日ぶりの探索ということもあるのか、日暮れまでまだだいぶあるというのに、急に疲れを覚えた。

こんなんじゃあいけねえな、と思ったが、体が重く感じられてならない。すぐに茶店が見つかり、夏兵衛は茶と饅頭をもらった。

饅頭は店の奥でばあさんがつくっているらしく、皮にやや厚みがあったが、ばあさんの人柄を映じているようなあたたかみが感じられた。濃い茶ともよく合った。

饅頭のうまさにすっかり満足し、夏兵衛は茶のおかわりをもらった。

道をはさんで、向かいに小間物屋がある。間口が広い店は若い娘や近所の女房らしい女たちなどでにぎわっている。

そのなかに一人の老侍がいた。雀の群れに迷いこんでしまった鷲のような感じで、あまりに目立ちすぎているが、侍が小間物屋に入って悪いということはない。

老侍は妻の土産でも選んでいるような真剣な表情だが、ときおり店の者の顔をうかがい見るような視線が気になる。

まさかな。なんとなくいやな予感を覚えて、夏兵衛は老侍を見つめ続けた。

簪や櫛を手にした若い娘三人が、店の者に代を支払おうとしている。

その隙に、老侍の手がすばやく動き、おしろいらしいものを懐にしまい入れた。

やりやがった。

夏兵衛は驚いた。しかもかなり手慣れている。あれはまちがいなく何度も同じことを繰り返している。

老侍の老獪なところはそのまま店を出るのではなく、いかにも高級そうな櫛を買って出たことだ。あれならおしろいを万引きしたとは店の者も思わないだろう。

老侍はゆっくりと遠ざかってゆく。夏兵衛はこのままにしておけないような気がした。茶店の代をすませ、あとを追った。

老侍の身なりは立派だ。かなりの高禄を食む者ではないか。歳からしてすでに隠居かもしれないが、当然、おしろいを万引きするほど暮らしに窮しているはずがない。それは上等な櫛を買ったことでもわかる。

おそらくどきどきする感じがたまらないのではないか。夏兵衛は、自分が盗人からなかなか足を洗えないことから、あの老侍の気持ちがよくわかる。

老侍は辰巳の方角にくだってゆく。行きかう人が多く、なかなか声をかけられない。

やがて、老侍は道を左に曲がった。十間ほどの距離をあけて夏兵衛はついてゆく。

道の両側が武家屋敷ばかりになり、あたりからはさらわれでもしたかのように人影が消えていった。

老侍はそこそこ遣（つか）えるようで、このままではつけていることを感づかれるだろう。その前に夏兵衛は、お侍、と声をかけた。

老侍は、自分が呼ばれたことを確かめるように、ゆっくりと振り向いた。

「お侍、あんな真似、しちゃいけませんや」

真摯（しんし）にいって、夏兵衛は老侍の顔を見つめた。意外にととのった顔立ちをしており、目が聡明そうに澄んでいる。頬（ほお）は切り立った崖のようにそぎ落ち、下唇が妙に厚い。

瞬（まばた）きしない目が夏兵衛を見据えている。

「なに用かな」

態度も声も落ち着いている。

「とぼけちゃいけませんや。お侍、御簞笥町の小間物屋でなにをしたか、覚えがないとはいわせませんぜ」

老侍の顔色がわずかに変わる。

「なにを申しているのかな」

「おしろいを万引きしたでしょう」

「侍にそのようないいがかりをつけて、ただですむと思っているのか」

「でしたら、懐にしまわれているおしろいはなんなんですかい。さっきの小間物屋に戻って、お侍が本当に買ったかどうか確かめてもいいんですよ」

「確かにおしろいを所持しておるが、これは他の店で買った物だ」

夏兵衛は鼻で笑った。

「そのいいわけは通用しませんぜ」

「どういう意味かな」

「そのおしろいの入れ物には、あの店の名が刻みこまれているからですよ」

これは夏兵衛のはったりだ。

「なに」

老侍は動揺を隠せずにいる。夏兵衛はたたみこんだ。

「お侍、手前はお侍をお上に訴えようなどという気はさらさらございませんよ」

「そうか、わかった」

懐から巾着(きんちゃく)を取りだし、老侍はなかから金をつまみだした。

「すまぬ、出来心であった。これで見逃してくれ」

「なめちゃいけませんや。手前は金などほしくはありません」

夏兵衛は首を振り、老侍にいった。

「手前は、お侍にああいう真似は金輪際、やめてほしいと願っているんですよ。見れば、かなりの大身のお方のようだ。あんなつまらぬことで家が取り潰されたり、下手をすれば腹を切らなければならなくなったりするかもしれません。そうなれば、家臣の方々にも累が及びかねませんよ。手前としては、そうならないようにしたいだけです」

夏兵衛は懇々とさとした。

「相わかった」

老侍が静かに答えた。本当にこたえている顔だ。

「もう二度とやらぬ」

その言葉と表情に、嘘はないと夏兵衛は思った。おしろいを受け取り、小間物屋に気づかれないように返した。

二

「おまえのせいで、やつを逃がしたんだぞ。わかっているのか」

伊造（いぞう）はせがれを怒鳴りつけた。

「わかってるよ、とっつあん」

豪之助（ごうのすけ）は耳をふさいでいる。

「もうこの三日、ずっといわれてるんだ、耳にたこができたよ」

「馬鹿野郎。三日だけじゃねえ、この先ずっといい続けてやる」

「この先ずっと。勘弁してくれよ、とっつあん」

「うるせえ、勘弁ならねえ」

「とっつあん、そんなでかい声、だすなよ。岡っ引であるのが、近所にばれちまうぜ」

「そんなのはかまわねえ。どうせ、わし一代で終わりだ」

「えっ」

豪之助が心から驚いたような表情をする。

「なんでえ、その顔は」

「いや、一代で終わりってのはどういう意味かなって思ってさ」

「文字通りだ。わし一代限りで岡っ引稼業は幕引きってことだ」

「俺はどうなるんだ」

「知るか」

「そんな」

せがれに岡っ引をする気があったのは喜ばしいことだが、もうおそい。それに、寒さに負けて張りこみ場所から抜けだしてしまうような男に、岡っ引がつとまるはずがない。伊造の決心は変わらなかった。

「おとっつあん」

はらはらした顔で二人のやりとりを見守っていた娘のおりんが、呼びかけてきた。

「なんだい」

このときばかりは、伊造はいつもの平静な声音をだした。

「俺とずいぶんちがうなあ」

小さな声で豪之助がぼやく。

伊造はにらみつけた。豪之助が体を虫のように縮める。

「兄ちゃんが岡っ引をやるってきいたの、はじめてでしょ」

「ああ」

「うれしくなかった？」

伊造はなんと答えようか迷った。

「うれしくなかったの？」

続けざまにいわれ、伊造は窮した。

「うれしかった」

ぽつりと口にした。

「ほんとかい」

豪之助が目を輝かせる。

「お兄ちゃん、黙ってて」

おりんにいわれ、目をみはったものの豪之助が口を閉じた。

「だが、こいつには無理だ」

「どうして」

「おりん、わかっているだろう」

「もう一度、機会を与えてみたら？」

「同じさ」

「やってみなければわからないわ」

「わかるさ」

「ねえ、おとっつあん、お願いよ。一度のしくじりでお兄ちゃんを見捨てないで」

一度のしくじりか、と伊造は思った。それで取り返しがつかないこともある。

「ねえ、おとっつあん、どうなの」

伊造はしばらく黙っていた。どうすべきか本気で考えた。顔をあげ、娘を見る。

おりんは必死の面持ちで伊造を見つめている。その顔が母親に重なる。伊造は口をひらいた。

「よかろう、ここはおりんの顔を立ててやる」

「本当？」

おりんが両手を合わせて表情を明るくさせる。どうしてこの娘は、と伊造は思った。兄貴のことでこれだけ一所懸命になれるのか。

「ああ。だが、もし同じようなことを繰り返したら、豪之助が岡っ引になることは金輪際ねえ」

伊造はせがれに視線を転じた。

「その前にきくぞ。おめえ、本当に岡っ引になる気があるのか」

「あるよ」

豪之助が即座に答える。伊造はため息をつきたくなった。

「豪之助、おめえの言葉は軽いんだ。泣きたくなるほどにな」

伊造は少し間を置いた。

「岡っ引になるには、今のままでは駄目ってこと、わかっているんだろうな」

豪之助が不思議そうにする。

「なにが駄目なんだい」

あまりに素直に問うてくるので、伊造は苦笑しそうになった。

「岡っ引ってのは、御番所の手伝いで探索を行っている。ただ、そいつは裏の探索といっていい。正体を隠し、犯罪人のあいだをかいくぐるようにして調べを進めてゆくものだ。命の危険も大きい。おめえにその覚悟はあるめえ。ただ、岡っ引という仕事がおもしろそうくらいにしか思っていねえだろう」

命の危険ときいて、豪之助は押し黙っている。臆したのはまちがいない。

「本当にやる気があるかどうか、今答えずともいい。三日やる。そのあいだに答えをだしな」

伊造は、本郷菊坂田町（ほんごうきくざかたまち）の家を出ようとした。おりんが見送りについてくる。

伊造は、あの一緒に歩いていた男は誰なんだ、と問いつめたい衝動に駆られた。

「どうしたの」

なにかいいそうになっている父親を見て、おりんがきいてきた。

「いや、なんでもねえ」

おりんが心配そうに見ている。

「ねえ、おとっつあん、大丈夫なの？」

「大丈夫ってなにが」

「わかっているでしょ。腰よ」

伊造は笑ってみせた。

「大丈夫だ。もうなんともねえ」

しかしおりんの案じ顔は変わらない。気持ちはわからないでもない。なにしろ伊造はここ三日のあいだ、立てなかったからだ。ずっと床に臥せる羽目になった。

「大丈夫だって。これを見な」

伊造は拳で腰を強く叩いた。我ながら驚いたが、本当に痛くなかった。

「わかったろ、おりん」

「ええ」

「じゃあ、行ってくるぜ」

「行ってらっしゃい」

伊造は家を出た。すぐに思いはせがれのことに戻った。

豪之助が跡を継ぐ気があるといっても、岡っ引は町奉行所の与力や同心のように世襲ではない。与力や同心は一代限りのお抱えといって世襲を否定しているが、実際にはずっと同じ家の者が与力、同心となっているのだから、世襲以外のなにものでもない。

岡っ引はたいてい下っ引の有望な男がなるものだ。だが伊造の場合、下っ引はいない。となると、跡を継がせる者は豪之助しかいないことになる。

しかしやつではなあ……。

伊造は静かに天を見あげた。空はすっきりと晴れ渡り、雲一つない。思い切り吸いこんだらさぞ気持ちよかろうと思えるほど、大気は冷たく、澄んでいる。

この十手を譲り渡せば、あいつは変わるだろうか。むろん、いきなり十手を渡すことなどあり得ない。

わしの下で下っ引としての経験を十分に積んでからだ。

そうすれば豪之助は成長し、岡っ引にふさわしい男になるだろうか。

ふさわしいか、と伊造は自嘲した。岡っ引には、くずがなる。ふさわしいなどという言葉が、これほど似合わない仕事もなかろう。

となると、豪之助だって十分にやれるということだ。

わしが十手を譲り渡すことで恐れているのは、やはりせがれに危険が及ぶことなのだ。

とりあえずせがれのことは忘れよう。

伊造は、地上に投げかけるような太陽の淡い光を浴びて、歩き続けていた。不意に立ちどまった。

今、どこに向かっているのかわかっていないことに気づいた。

なにをしているのだ。やはり、千載一遇の好機を逃したのがこたえている。

伊造は四日前のことを思いだした。

鼠苦手小僧（ねずみにがてこぞう）はずいぶんと、やわらかでしなやかな手をしていた。あれが手先の器用さにつながっているのだろう。それに、身ごなしがすばやく、体には駿馬のような力強さがあった。

盗賊になるために生まれてきたような男といっていいが、それだけの資質を他の仕事に生かさないというのは実にもったいない。

残念ながら、ほっかむりと闇の深さのために、やつの顔は見ていない。

しかし、やつは柔（やわら）の術を身につけている。それも相当のものだ。あの技の切れはそうそうたやすく身につくものではないだろう。

鼠苦手小僧は柔の手練なのだ。

これは手がかりだろう。

三

寂しいな。

夏兵衛は一晩たった今でも、落胆を隠せずにいる。

昨夜、小石川諏訪町にある鴨下に行ったものの、またも由岐はいなかったのだ。いないのを知って、ちょっとだけ酒を飲んで巻真寺に引きあげている。鴨下の女将で、遣り手といっていいおれんに由岐のことをたずねたが、おれんも次はいつ来るのかわかっていなかった。

「あの娘は、いろいろとわけがありそうだからねえ」

おれんはいったが、わけありの中身までは知らなかった。もしかすると、知っているのかもしれないが、夏兵衛に話すはずがなかった。

今は由岐のことを脳裏の外に押しだし、道賢や舜瑞の探索を進めるしかない。

目の前に集中すべき仕事があるのは、こういうときありがたい。

夏兵衛は道賢の調べを進めていった。あらためて寺男の作蔵や檀家の者、道賢と親しかった僧侶などに話をきいた。

姿などいないとのことだったが、舜瑞の例もあるので、女の筋も慎重に調べてみた。

道賢には舜瑞のように、子がほしいという気持ちはなかったらしく、女の影など本当に見当たらなかった。

その結果、得られたのは道賢には自ら姿を消す理由がないというものだった。

やはりかどわかされたのだ。

それしか考えられなかった。

となると、誰がかどわかしたのか。

夏兵衛はこの前感じた視線を思いだした。どこか粘るような、いやな視線だったように思えてならない。

あの視線の主が道賢をかどわかしたのか。もしそうなら、おそらく舜瑞も同じだろう。

道賢と舜瑞。この二人をかどわかして、いったいどうしようというのか。

二人のつながりは今のところ、まるで見えていない。

道賢が若い頃、修行したのは名高い高野山であるのがわかった。対して舜瑞は越前の孝徳院という寺だった。

この寺がどういう寺なのか、夏兵衛には調べようがなかったので、巻真寺に戻ったら参信に頼むつもりでいる。

とにかく二人とも、相当厳しい修行を積んだ僧侶であるのはまちがいない。

だが、どうしてこの二人なのか。江戸には厳しい修行を乗り越えてきた僧侶など、いくらでもいるだろう。

そのなかで、どうして道賢と舜瑞という二人が選ばれたのか。

わからねえな。

夏兵衛は、道賢が住職をつとめていた本累寺にまた足を運んだ。寺男の作蔵に話をきくつもりはもうなく、ただ、この寺の境内にたたずむことでなにか思いつくことはないかと期待してのものだ。

しかし、やはりそううまくいくものではない。なにも頭に浮かぶものなどなかった。

駄目だな。

あきらめて、本堂の裏を箒で掃いている作蔵に帰ることを伝えようとした。

あけ放たれた山門から人が入ってきたことに気づいた。

参詣の者だろうか。だが、なにかちがう。夏兵衛を見つけ、まっすぐ進んできた。

「あの、こちらのお寺の方ですか」

夏兵衛を寺男と勘ちがいしているようだ。

「こちらにお世話になっています」

もしかするとなにか引きだせるような気がして、夏兵衛は答えた。

「さようですか」

男が音を立てて息をのむ。かなり緊張しているのがわかる。

身なりからして商人だろう。しかも上質のものを身につけていることから、かなりの大店ではないかと思えた。

四十をいくつかすぎたくらいか。鬢に白髪がまじり、額に濃いしわができているのが、だいぶ苦労してきたことをうかがわせる。店を大きくするために力を惜しむことなく、ほとんど休むことなく働いてきたのではあるまいか。

男は黙ったきりだ。

「当寺になにかご用ですか」

夏兵衛はうながす意味できいた。

「ああ、こちらには道賢和尚といわれる高僧がいらっしゃるときいたのですが」

「はい、ご住職ですね」

「お会いしたいのですが」

この男は道賢が失踪したことを知らないのだ。

「どういうご用件ですか」

男は黙りこんだ。

そのとき背後で土を踏む音がきこえた。

「あの、どうされました」

作蔵だ。夏兵衛は振り向いた。

「こちらのお方がご住職にご用だそうです」

もう少し話をききたかったので、惜しいな、と思いつつ作蔵にいった。

「さようですか」

作蔵が男の前に進み出る。

「和尚さまは、今、他出中にございます」

「いつ戻られます」

「それがはっきりしていません」

男の顔には落胆の色が刻みこまれた。

「あの、どのようなご用件でご住職にお会いになりたいのですか」

作蔵の代わりに夏兵衛はたずねた。

「いえ、いらっしゃらないのなら、けっこうです」

男がきびすを返す。早足で敷石を遠ざかり、山門を出てゆく。

「今の人に見覚えは？」

夏兵衛は作蔵にきいた。

「いえ、ございません。でも今のお方、ご住職にどんな用があったのでございましょう」

それは夏兵衛も知りたい。

山門を抜けると、男の姿はすぐに目でとらえることができた。境内を歩き去ったときとは異なり、とぼとぼと歩を進めている。落胆がそのままあらわれたような歩き方だ。

本当になにしに来たのだろう。

だが、問いつめたところであの様子ではそうたやすく話すまい。ここはあの男の身元を確かめ、道賢とどんなつながりがあるのか知ることだろう。

しかし、道賢のことをたずねてきた様子を見る限り、道賢と面識があるようには思えなかった。道賢の僧侶としての評判を知り、道賢に会うことで、抱えている悩みを消し去りたかったのだろうか。

いや、今は先走る必要はない。とにかく男のことを調べるのが先だ。

男は昨日、万引きをはたらいた老侍が行った道を辰巳(たつみ)の方角に歩いてゆく。

やがて水戸家の広大な屋敷に道がかかったところで、道を左に折れた。

男が足をとめたのは、小石川中富坂町(なかとみさかちょう)だ。一軒の店に入っていった。

夏兵衛ははす向かいに立ち、店の扁額(へんがく)を見あげた。

岩戸屋(いわどや)とある。看板には、おしろいと大きく記されている。小間物屋もおしろいを扱うが、そういう店ではなく、おしろいをもっぱらに扱っているようだ。

のぞいてみると、客はそこそこ入っているようだ。とんでもなく繁盛しているとはいいがたいが、手堅く商売をしているように見えた。

今の男はこの店のあるじなのか。それとも番頭、手代なのか。

小腹も空いていたので、岩戸屋の近所の蕎麦屋(そばや)に入った。刻限はすでに七つ（午後四時）近くになっており、はやくも暮色が町を包みこもうとしている。

蕎麦切りを食べながら、店のばあさんに岩戸屋のことをきいてみた。

「女房にあの店のおしろいを買っていこうと思っているんだけど、評判はどうなのかな」

「いいおしろいって評判だよ。あたしもつかっているけど、五歳は若く見えるっていわれるくらいだからねえ」

　そのばあさんは岩戸屋のことを詳しく知っていた。人相からして、本果寺にやってきたのは岩戸屋のあるじにまちがいなさそうだ。名は井右衛門（せいえもん）。

「岩戸屋さんは、もともとすごく商売熱心なのよ。最初は伊勢（いせ）から取り寄せたおしろいを行商で売っていたのだけれど、やがて自分で新しいおしろいをつくりだしたりして、天女おしろいという名で売りだしたの。それがとても売れて、あの店を持ったのよ」

　天女おしろいか、と夏兵衛は思った。はじめてきいたが、いい名をつけるものだ。確かに女たちの気を惹（ひ）きそうだ。

　由岐に買っていってやろうか、と思った。また由岐のことを思いだしてしまったことに気づき、夏兵衛は頭に蓋をした。

「ただねえ」

ばあさんが憂いのこもった声をだした。

「どうかしたのかい」

「今はそれほど売れていないようなのよね」

「どうしてだい」

「井右衛門さん、ようやくできた跡取りが重い病にかかっちまってとてもたいへんなんだけれど、それ以上におしろいが売れなくなってきているのが、重くのしかかっているっていわれてるのよ」

ばあさんはまわりをはばかるように声をひそめていった。

「天女おしろいの評判ががた落ちになったとか、物自体が駄目になったとか、そういうことではないの」

ばあさんは思わせぶりに言葉を切った。

「どういうことだい」

夏兵衛は、興味津々という色を瞳にあらわした。

「天女おしろいよりも売れるおしろいを売る店が出てきてしまったのよ」

その店は、雪精（ゆきせい）おしろいというものを売りだしたのだそうだ。

「雪精おしろいか。なるほど、いい名だね。それじゃあ、そちらがすごく売れて、岩戸屋さんは傾きかけているのかい」

ううん、とばあさんはかぶりを振った。

「天女おしろいで儲(もう)けた蓄えがあるだろうから、今すぐに傾くようなことはないだろうけど、だいぶ苦しくなってきているんじゃないかっていわれているの。もっとも、天女おしろいでさんざん儲けたことに対するやっかみ半分なんだけどね。だって、とてもいい庭のあるお屋敷を買ってもいるらしいのよ。せっかく買ったのに、今は行くだけの余裕がなくなってしまっているらしいのだけど」

ばあさんは歯のない口を見せて笑った。

「もちろん、岩戸屋さんだけが雪精おしろいの波を受けているわけじゃなくて、ほかにもおかしくなりそうな店があるという話はきいているわ」

蕎麦屋を出た夏兵衛は、日が暮れてきたこともあり、その日はいったん探索を終え、巻真寺に戻った。

翌日、朝はやくから小石川中富坂町にやってきて、さらに岩戸屋のことを調べてみた。

雪精おしろいを売りだしたのは、本郷元町(ほんごうもとまち)にある原田屋(はらだや)というおしろい屋だった。この店のあるじは梅三郎(うめさぶろう)といい、もともとは岩戸屋の奉公人だった。それが先代の岩戸屋のあるじの郷右衛門から暖簾わけされて、本郷元町に店をひらいたのだ。

梅三郎は郷右衛門から教わったおしろいの技をさらに生かし、改良を重ねて雪精おしろいをつくりあげたのだ。

夏兵衛は知らなかったが、それが売れに売れて原田屋は一気に岩戸屋をしのぐ店になったのだ。

岩戸屋の今のあるじである井右衛門は恥を忍んで、梅三郎に雪精おしろいを売らせてほしいと頼みこんだそうだが、それはあっさりと断られたそうだ。まさにけんもほろろの扱いだったようだ。

「商売人なら、新たな品物をつくりだして売るべきでしょう」

巷の噂では梅三郎はこういったことになっている。むろん噂のことだから真実を語っているか、定かではない。

井右衛門は梅三郎を憎んでいるのではないか、という噂もききこんだ。

「殺したいほどなんじゃないですかね」

いかにも口が軽そうな若い小間物の行商人は、いった。

「手前はおしろいを岩戸屋さんからずっと仕入れていたんですけど、雪精おしろいを原田屋さんに仕入れに行ったのが岩戸屋さんにばれて、岩戸屋さんに出入りを禁じられたんです。そのとき手前を怒鳴った岩戸屋さんの形相といったら、まさに悪鬼でしたからねえ」

四

こうして町を歩いていると、景気がいいことが実感できる。

行きかう人たちは笑みを絶やさないし、着物や身につけている根付、櫛、簪などはほとんどが上等なものだし、どんな店も客が一杯で大繁盛だし、乞食は明らかに少なくなってもいる。

伊造としても、町人たちの明るい笑顔を見るのは楽しい。だが、少し浮かれすぎているのではないか、という懸念がないわけではない。

こういうときというのは、必ず落とし穴が待っているものだ。この景気がずっと続くものと町人たちは信じて疑わないようだが、そんなことはあり得ない。駿馬といえどもいつまでも疾走を続けることができないように、いつか必ずこの景気に歯止めがかかるのはまちがいない。

そのとき江戸の町はどうなるのだろう。火が消えたようなというういい方があるが、まさにそういうふうになってしまうのではあるまいか。

今をせいぜい楽しむことだろうな。

伊造は浮かれ騒いでいるとしか思えない町人たちを見やって、少し皮肉に思った。どうしてわしは、みんなと一緒になっておもしろおかしくすごせないのか。

わけなどない。こういう性分なのだ。人と群れるのがきらいなだけだ。

手下を持たないのも、二人殺してしまったというのを理由にしているが、それだって心の奥では、一人でいるほうが気楽でいいと思っているからではないか。

もう少し気楽に生きられればちがう暮らしがあったかもしれないが、伊造にはさして後悔はない。一人の岡っ引として精一杯生きてきたという思いがある。まったく悔いがないとはいわないが、そんな人生などあり得ないだろう。

この程度の悔いで、と伊造は思った。おのれの人生に幕を引くことができる者は、そう多くないはずだ。

伊造は、町奉行所の組屋敷がある八丁堀にやってきた。

似たような屋敷が並んでいるが、与力の屋敷は同心のそれより三倍は広い。さすがに二百石取りといえた。それなのに、与力は将軍にお目見できない。不浄役人のためにふつうの侍からさげすまされているから、と耳にしたことがある。

滝口米一郎の屋敷は、何度も訪れているから場所は知っている。

門はひらいており、声をかけて伊造はなかに入った。

玄関に行くと、式台に米一郎が立っていた。今日は非番とのことだ。表情にはそれだけでない、どこか穏やかな感じが漂っている。月番が南町奉行所に代わったといっても、米一郎たちの仕事がなくなるわけではないが、やはり気分は楽になるのかもしれない。

「伊造、おはよう」

おはようございます、と伊造は返した。

「足労をかけた。あがってくれ」

伊造は言葉に甘えた。米一郎の先導で奥の座敷に通される。

「今日はなんですかい」

米一郎の向かいに正座し、たずねる。なにしろ、米一郎から手札をもらってだいぶたつが、座敷に通されたのは今日がはじめてなのだ。

「いや、なんということもないんだ。酒でも供そうと思って呼んだ」

「えっ、そうだったんですかい」

「酒はきらいか」

「とんでもない」

米一郎が端整な頬をゆるませる。

「それは重畳」

「でも、探索のほうはよろしいんですかい」

「たまにはよかろう。それと、知らせはもらったぞ。なかなかよくできたせがれではないか」

知らせ、と伊造は思った。しかもせがれとは。いったいなんのことだろう。

「伊造、おぬし、例の盗人とついに出合ったそうだな。戦ったが逃げられたときいた」

あの野郎、そのことを知らせに来やがったのか。告げ口しやがったんだ。

伊造は憤ったが、今は頭を下げるしかない。

「面目次第もないことに存じます」

「いや、謝る必要はない。そのとき腰を打って、臥せていたそうではないか。どうしてもっとはやく知らせなかった」

臥せていたことも知らせたのか。

伊造は情けなさで一杯になった。

「なにしろあの盗人に、逃げられたものですから」

「逃げられたことなどきいておらぬ。臥せていたのを、どうして知らせなかったときいているんだ」

「いえ、滝口さまにご迷惑、ご心配をかけたくなかったものですから」

「俺にそんな遠慮は無用ぞ。知っていたら見舞っていたものを。いいか、伊造。おまえは俺の親父も同然だ。遠慮はせんでくれ」

「そんなもったいない」

「とにかく伊造、無事でよかった」

「はい、ありがとうございます」

息を少しついて、米一郎が顎を静かになでる。

「せがれの豪之助にははじめて会ったが、ずいぶんと恐縮していたな」

「とにかく、たわけ者が着物を着て歩いているような男でして。いい歳をして、実に恥ずかしいことです」

「いや、伊造、ちがうぞ」

いわれて伊造は米一郎を見た。

「おととい豪之助は奉行所にやってきたが、自分のへまで例の盗人に逃げられてしまったことを告げていった。もし自分があの場にちゃんといたら、つかまえられていたにちがいないと申していた」

米一郎が見つめてきた。

「伊造、豪之助に跡を継がせるのか」

「まだ決めておりません」

「豪之助でよいではないか」

「滝口さまは手前の後釜として、あんなたわけでよろしいのでしょうか」

「俺はかまわぬ。しばらく話をしたが、探索の勘はいいように感じた。まだ経験が浅いのは致し方あるまい。伊造だって、いきなり経験豊富な岡っ引だったわけではあるまい」

「ええ、その通りでございます」

「探索の勘というのは、持って生まれたものが大きくものをいおう。教えこんで得られるものでは決してない」

探索の筋がもしかするといいかもしれないことは、高井屋を張りこんだ際にかわした会話から、伊造も感じ取っていた。

だがそれにしても、米一郎のこれだけの高い評価は意外だった。

「滝口さまが、豪之助で本当にかまわないとおっしゃるのであれば、手前の跡を継がせるようにいたします」

「うむ、それでよい」

満足げに米一郎がうなずく。

「ただし伊造、跡を継がせるのが決まったからといって、今すぐに隠居などというのは考えるなよ。おぬしには、俺がまだまだいろいろと教えてもらわなければならぬゆえな」

「いえ、そのようなことはございません」

米一郎が楽しそうに笑う。

「いや、あるのさ」

「はあ」

こんなことを考えたのは、と伊造は思った。まちがいなくおりんだ。

米一郎の内儀のお久芽（くめ）が酒を運んできた。

お久芽はやや肥えている。顔はまん丸で、ややつり目気味なのが勝ち気さを感じさせたが、実際にその通りで、米一郎は明らかに尻に敷かれていた。

酒のつまみや肴（さかな）などを米一郎が台所でつくり、持ってくるのは当たり前で、徳利に酒を入れて運ぶのも米一郎の役目だった。

米一郎にそんなことをさせていることに伊造は恐縮し、自分にも手伝わせてほしいと申し出たが、お久芽が許してくれなかった。

「お客人なのだから、黙って座っていらっしゃればよいのです」

やんわりとした口調だが、断固たる意志が感じられ、伊造は黙りこむしかなかった。

米一郎が必死に働いているあいだお久芽がなにをしているかというと、伊造を相手に酒を飲んでいるだけだった。

米一郎が肴を持ってきてようやく杯を傾けようとすると、伊造さんに酌をしてあげなさいよ、いったいなにをぼんやりしているの、気が利かない人ねえ、それでよく町方同心がつとまるわねえ、などと平気でいった。

これにも伊造はびっくりした。これでは、夫としての威厳などまるでないに等しかったが、米一郎はにこにこと笑ってお久芽の言葉にしたがっていた。お久芽の遠慮のなさを、どこか楽しんでいる様子に見えた。

お久芽はお久芽で、常に伊造のことを気にかけてくれている。肴やつまみを勧めたり、酒がおいしいかどうかをきいたり、岡っ引というのはたいへんなお仕事なんでしょうねえなどと声をかけてくれたりもした。

江戸の女っぽくいかにも気が強いが、情け心というものを胸の奥にしっかりと抱いているのがよくわかる。

滝口さまには、と伊造は思った。こういうご内儀がぴったりなのだろう。

いつしか、とても上等な酒を飲んでいる気分になっているのを感じた。

五

少し起きるのがおそくなった。

部屋には、初冬の少しわびしさを覚えさせる朝日が入りこんでいる。

夜具の上で、夏兵衛はのびをした。ほわわと声が出る。

「ああ、腹が減ったなあ」

昨日は夜に帰ってきて、食事をとらずに寝てしまった。それだけ疲れていたのだ。

昨日も、前日に続いて働きすぎたきらいがある。

意外に俺は熱心だよな。

やはり探索は性に合っているのだ。

昨日の一件を参信和尚に報告しておかなければならない。

その前に腹ごしらえだった。

夏兵衛は立ちあがり、台所におりた。米を研ごうとして、米びつが空になっているのに気づく。

ありゃりゃ。まいったなあ。

蚤がいるかのように鬢を強くかいた。

しょうがねえ、外に行くか。

夏兵衛は手ばやく身なりをととのえ、障子をあけた。庭を人がやってくる。

「千乃さん」

「ああ、夏兵衛さん」

千乃がほほえむ。朝日を横顔に浴びているが、それがとても色っぽい。

昨夜はきっと参信和尚、励んだんだろうな。

「どうかした」

千乃に問われ、夏兵衛は我に返った。

「なにが」

「なにか楽しそうに笑っているから」

「千乃さんみたいなきれいな人がそばにいてくれたら、楽しいに決まっているさ」

千乃がにっこりと笑う。白い歯が朝日を弾くように光る。

いい女だな、と夏兵衛は思った。さすがに参信が選んだ女人だけのことはある。

「夏兵衛さん、兄さんが呼んでいるの。そろそろ起きだした頃だろうって。朝餉も支度してあるわ」

「朝餉も。そいつはありがたい」

夏兵衛は、千乃に先導されて庫裏に向かった。境内を覆う大気は体をきつく締めつけるように冷たいが、それが気持ちをしゃきっとさせてくれるようで、むしろ心地よい。

参信は座敷で待っていた。

「おう、来たか」

「はい、朝餉を食べさせていただけるときいたものですから」

「——千乃、食べさせてやってくれ」

千乃がうなずき、台所のほうに姿を消した。

「すぐに持ってこよう。その前に、これまでの探索の進み具合を話してくれ」

はい、といって夏兵衛は話した。

夏兵衛が話し終えるまで参信は目をつむったままで、一言も口をはさまなかった。

「うむ、わかった。夏兵衛、一所懸命働いたな。よくやった。ありがとう」

参信に感謝されて、夏兵衛はうれしくなった。手習師匠に手習をほめられた子供のような心持ちだ。

「それで夏兵衛、岩戸屋井右衛門が道賢和尚を訪ねてきた一件をどう見る」

「さあ」

参信が軽くにらむ。

「嘘をつけ。道賢和尚と親しいからと申して、わしに遠慮する必要はない」

「はい、わかりました」

夏兵衛は自らの考えを述べた。

「人を呪うためではないでしょうか」

昨夜、寝床で考え抜いて、ようやく得た結論だ。僧侶や神官は古来より呪詛(じゅそ)に関わる者が少なくない。道賢や舜瑞がその手のことをしていたのかまだ知れないが、いずれはっきりするのではないか。そんな気がしている。宮大工が本殿の普請をしていた吉奈神社のことも、この結論を導きだす示唆を夏兵衛に与えた。

参信が顎を引く。

「その通りだな。呪詛以外考えられぬ」

眉根をよせ、むずかしい顔をする。

「しかし道賢和尚が呪詛とは――」

いかにも考えられんといいたげな表情だ。

「道賢和尚は、呪詛のようなことをするお方ではないと？」

「そうだ。決してそのようなことをする人ではない。これは断言できる」

「しかし和尚、呪詛のほかになにかありましょうか。道賢和尚だけでなく舜瑞和尚も調べてみないといけませんけど、この二人の僧侶は、おそらく呪詛に関してかどわかされたとしか思えませんよ」

参信が苦い顔でうなずく。

「そいつは、わしもそうではないかと思ってはおる」

「でも、納得はされていないのですね」

「そうだ」

参信は、しばらくのあいだ黙りこくっていた。やがて顔をあげ、夏兵衛を見つめてきた。

「今日も引き続き、調べを進めてくれ」

参信は、手がかりにつながるかもしれぬからと、一人の男の名をだした。

「訪ねてみろ」

「承知いたしました」

「夏兵衛、気をつけろ」

参信は例の視線のことをいっている。

「おまえは道賢和尚たちをかどわかした犯人に、着々と近づいているのかもしれん。そのおまえの動きに危機の思いを抱き、いきなり牙をむくおそれがある」

「はい、重々用心します」

「口だけではないいな」

「もちろんです」

参信が目を細めて見る。

「その声をきいていると、口だけとしか思えんな。おまえは人としてまだ軽いの」

「はあ」

「とにかく気をつけろ」

はい、と夏兵衛は一礼して立ちあがり、座敷を出ようとした。なにかを忘れている気がする。

「夏兵衛、おまえは本当に抜けておるなあ。しかしその素直さはなにものにも代えがたいものであるな」

参信がしみじみといった。

「おまえ、ここにはなにしに来たんだ。報告をしに来ただけではあるまい」

それで夏兵衛はようやく思いだした。

「朝餉がまだでしたね」

うまかったあ。

夏兵衛は腹をなでさすった。

あまりにうまくて、食べすぎちまったよ。しかも朝から魚だものなあ。

千乃が持ってきてくれた膳には、夏兵衛の好物である鯖（さば）の塩焼きがのっていた。脂ののりが最高で、夏兵衛は箸がとまらなかった。

あとは参信が漬けた梅干しにたくあん、豆腐の味噌汁という豪勢な献立だった。ここ最近では、覚えがないほどの朝餉だった。

あれはつまり、と夏兵衛は思った。今の俺の働きに満足してくれている和尚の気持ちなんだろう。

よし、今日も張り切るぞ。

夏兵衛は勇んで山門を出ようとした。ちょうど手習にやってきた子供たちと、かち合った。

「あっ、夏の兄ちゃん」

鯛之助たちが声をあげて駆け寄ってきた。全部で六人いる。いつもの仲間たちだ。

「今から出かけるの」

鯛之助がきいてきた。

「そうだ」

「今日も手習、休みなの」

これは正之助だ。

「そうだ」

「夏の兄ちゃん、ずっと休んでいると、またもとの馬鹿に戻っちゃうよ」

小吉が憎まれ口を叩く。

「誰がもとの馬鹿なんだ」

「ねえ、夏の兄ちゃん、いったいなにをしているの」

きいてきたのは、この仲間たちでは唯一の女の子のおうさだ。

「ちょっとした頼まれごとだ」

「誰に頼まれているの」

参信に頼まれているといってもかまわないだろうが、夏兵衛は別のいい方をした。

「恩を受けている人だ。だから、断ることなどできないんだ」

「いつ終わるの」

すぐに終わるさというのはたやすかったが、嘘をつくことになりかねず、正直にいった。

「まだわからないな。長引くかもしれない」

「そうなの」

おうさは悲しそうだ。

夏兵衛はおうさの頭をなでた。

「おうさはやさしいな。俺と一緒でないのを、そんなに寂しがってくれるなんて」

おうさが切なげな笑みを浮かべて、見あげる。

「だって、本当に寂しいもの」

「おいらも寂しいよ」

「おいらも」

「俺もだよ」

子供たちが口々にいってくれて、夏兵衛は胸が熱くなった。

「できるだけはやく終わらせるから、みんな、それまで待っていてくれ」

涙が出そうになり、夏兵衛は少し足早に子供たちの前を離れた。

六

巻真寺から半町ほど離れてから、夏兵衛は振り返った。

山門のところに鯛之助やおうさがいて、見送ってくれている。夏兵衛が自分たちを見たのに気づき、手を振りはじめた。

夏兵衛は両手で振り返してから、再び歩きはじめた。

呪詛。消えた二人の僧侶はこれを生業（なりわい）にしていたのではないか。

その思いのせいで、道賢や舜瑞への見方が夏兵衛のなかで変わってきている。

参信は、道賢はそのようなことをする人でないといいきったが、人というのは裏でなにをしているかわからないものだろう。

この俺だって、と夏兵衛は思った。子供たちはなついてくれているが、まさか自分が泥棒だと思ったことはないだろう。もし知ったらどんな顔をするだろうか。

巻真寺から西へ八町ほど行った田畑を通る道筋に、元赤城社という小さな社がある。

見た目では無住の神社としか思えないが、ここには神主が住んでいるとのことだ。

小さな鳥居をくぐり、夏兵衛は境内に足を踏み入れた。

見れば見るほど小さな神社だ。正面に古ぼけてこぢんまりとした本殿がある。回廊がめぐっているのが、しっかりとしたつくりであるのを感じさせる。

右手に、神主が住んでいるらしい建物がある。自分が住んでいる家と似たようなつくりで、夏兵衛は親近の思いを抱いた。

石が二つに丈の低い木が一本、植えられているだけのせまい庭の横を通り、閉め切られた障子に向かって訪いを入れる。

返事があり、障子があいた。白い顎ひげを豊かにたくわえた男が顔をのぞかせる。

夏兵衛は名乗り、さらに続けた。

「参信和尚の紹介でまいりました。宮司の光博さんですね」

目の前にいる宮司は年寄りだが、ぎろりとした目に怖さと迫力が垣間見える。

「そうじゃが」

意外に穏やかな声音で答えた。

夏兵衛は用件を告げた。

「ほう、呪詛についての話をききたいといわれるか」

光博はあっさりとうなずいた。

「あがりなされ」

一礼した夏兵衛は沓脱ぎで雪駄を脱ぎ、座敷にあがった。

「一人暮らしなもので、茶もださんですまんが、勘弁してもらえるかな」

「もちろんです。おかまいなく」

光博が目を細める。

「なかなか元気のよい男じゃな。参信和尚はすこやかかな。ほんの目と鼻の先というに、なかなか会えぬでな」

「ええ、元気すぎるくらいです」

「妹さんとは、いまだに仲がよいのかな」

「ええ、とても。いつも一緒です」

「それはそれは、うらやましい限りじゃ」

公家を思わせるような甲高(かんだか)い笑い声をあげた。参信と千乃の本当の関係を知っているようだ。光博が表情を引き締める。

「参信和尚とはどういうご関係なのかな」

夏兵衛は答えた。

「ほう、巻真寺の境内にお住みか。あの和尚がそれを許したのなら、おまえさんは信用できる男じゃろう」

「はあ」

「呪詛についてききたいということじゃったが？」

「はい、今調べていることで知る必要に駆られたものですから、ご迷惑を顧みずに押しかけさせていただきました」

「それはよい。こちらも退屈しておったのでな」

光博が顎ひげをなでる。

「おまえさん、どうして呪詛のことをお知りになりたいのかな。なにを調べているのかな」

こういう話の流れになるのは、夏兵衛には事前にわかっていた。参信も、包み隠さず話してよいといってくれた。

夏兵衛はこれまでのいきさつを語った。

「ほう、二人の僧侶が消え、その二人が呪詛を用いる者だったかもしれぬと申されるか」

　少しむずかしい顔をする。

「呪詛で最もよく知られているのが、調伏じゃな。これは呪いをかけて、憎い相手を滅ぼすことを目的としている場合が多い。ただ、覚えておいてほしいのじゃが、呪詛には倍返しというものがある」

「倍返しですか」

「これは呪詛をかけた相手側に、気づくだけの力と呪詛を弾き返せる力がある場合に限られるのじゃが、とにかくかけた呪いの倍が自らに返ってくるというものじゃ」

「倍返しになると、呪詛した元のほうの者はどうなりますか」

「相手の力が強いと、下手すれば死が待っておる」

「えっ、そうなのですか」

「そうじゃ。古来より権力を握った者のそばには常にそういう力を持つ者がいた。これは権力者を呪詛から守るための者たちじゃ」

　わずかに沈黙してから、光博が言葉を続ける。

「もっとも、そういう呪詛をもっぱらにする者以外でも、ごく自然に生まれつきでそういう力を備えた者がいることはいる。だが、そういう者は本当に稀じゃな」

光博が夏兵衛を見つめる。

「消えた二人の僧侶のことじゃが、おまえさん、なんとなく筋書きが見えたのではないかな」

「はい、おっしゃる通りです」

道賢と舜瑞が呪詛の力を持つ者であり、その力はおそらく相当のものだったのだろう。その力を利用したいと考えた者が、この江戸のどこかにいたのだ。

二人の僧侶が呪いをかける側にかどわかされたのか、それとも呪いを受ける側にさらわれたのか、それはまだわからない。

だが、とにかく呪詛に関して失踪したというのは、もはや疑えない事実のようだ。

「宮司さんは、二人の僧侶が今どうなっているとお思いになりますか」

光博が首をひねる。

「わしにはなんともいえんな。だが、最初にいなくなった舜瑞どのの力が足りなかったから、道賢どのがかどわかされたと考えた場合、舜瑞どのが無事とはとても思えないというのが正直なところじゃ」

唇を嚙(か)み締めるようにした。

「道賢どのについてはわからんが、果たしてこちらもどうであろうか」

「二人が呪詛で対決したというのは考えられませんか」

「舜瑞どのが呪う側で、道賢どのが守り、倍返しする側ということじゃな。考えられんことはないが、ちと考えづらいかの。舜瑞どのが失踪したのがおよそ一月前、道賢どのの失踪がその二十日後。倍返しを画するにはときがかかりすぎている気がするのう」

光博は息をついた。

「舜瑞どのが呪詛をして倒され、その後、ときをかけて力のある術者を捜していたというのが考えやすかろうな」

それに、およそ二十日かかったということか。

「おまえさん、気づいておるか」

いきなり光博がいった。なにをだろう、と夏兵衛は思ったが、ただ問い返すのも業腹だった。

光博の問いの意味を考えた。

「道賢どのが倒された場合のことですね。次を今、捜しているのではないかということですか」

光博が顎ひげを綿のようにのばして、にっこりと笑う。

「おまえさん、なかなか頭のめぐりがいいようじゃの。あの参信和尚が探索に用いるわけじゃ。素質がある」

「宮司さんに、呪詛に関して相当の力を持つ人に心当たりはございますか」

光博はかぶりを振った。

「ない。わしは世間に置き忘れられたような者じゃでな、世間のことはとんと知らんのじゃよ」

「さようですか」

少し残念だ。その力のある僧侶を張れば、道賢や舜瑞をかどわかした者にめぐり会えるかもしれないのに。

「そんなに落胆するでない」

光博がやんわりという。まるでいたずらをした孫にいいきかせるような口調だ。

「おまえさんに、わしなどよりその手のことに詳しい者を教えよう。その者なら、あるいは知っているかもしれん」

ここかな。

夏兵衛は家を見あげた。

やってきたのは市ケ谷だ。西側に薬王寺という寺があり、その門前町に夏兵衛は立っている。

薬王寺門前町はさほど広い町ではないようだが、来たのははじめてで、光博宮司に教えられた家を捜すのは、町の者にきくなどして少しだけ手間取った。

こういうはじめての土地でもすぐに見つけられるようにしなきゃ、駄目だな。

とにかくこの家でまちがいなかろう。しかし、今もやっている商家には見えねえな。

いかにもしもた屋といった風情で、建物自体は古く、大きい。隣の家よりはるかに高い屋根が、威圧するように夏兵衛を見おろしている。

夏兵衛は冠木門に向かって訪いを入れた。女の声で応えがあり、敷石を踏んで女が姿をあらわした。

一瞬、由岐に見えて、夏兵衛はどきりとした。だが、すぐに別人であるのがわかった。ほっそりとした女の姿が由岐に似ていたにすぎない。

女が間近に来た。由岐とはちがい、かなりの年増だ。目鼻立ちは整っており、若い頃は男にかなり騒がれただろうというのは想像にかたくない。

「こちらは、万屋の海風屋さんですかい」

「さようです」

よかった。

ほっとして夏兵衛は名乗り、光博宮司の紹介でやってきた旨を告げた。

「それで、ご用件は？」

女がしなをつくってきく。

「玉助(たますけ)さんにお会いしたいんですが」

女は少しのあいだ黙りこんだ。

「玉助に会ってどうされるのですか」

この女にどこまで話していいのだろう、と夏兵衛は迷った。

「商売のことでお話をききたいのです」

「商売のことで？　さようですか。お入りください」

女にいざなわれて、夏兵衛は日当たりのいい座敷に導かれた。あけ放たれた障子から、庭石に凝(こ)っているのが一目でわかる庭が眺められた。

夏兵衛は畳に正座し、庭を飽かずに見つめた。

「ずいぶん熱心にご覧になっていますわね」

女が盆に二つの湯飲みをのせて、戻ってきた。夏兵衛の前に一つ、自分の前に一つ置いて、そのまま正座した。

「ええ、まあ」

女が見つめてくる。

「庭のお仕事でもされているんですか」

「ええ、庭師です」

「そうなの。でしたら、うちもやってもらおうかしら」

「いつでもどうぞ。暇な庭師ですから、腕はどうかわかりませんけど」

「それじゃあ駄目よ。うちは自信がある人がいいから。でも、夏兵衛さんはいい腕をしているわ。きれいな手をしているもの」

やわらかな視線が手に当てられている。気づいたように女が顔をあげた。

「お茶をおあがりなさいな」

「はい、いただきます」

湯飲みを手に取り、夏兵衛は喫した。こくをまず感じた。甘みをともなった苦みが、渇いた喉にしみてゆく。

ふう、と息が出た。

「まさに甘露ですね」

「ええ、そうでしょう。お茶には凝っていますから」

「玉助さんがですか、それともお内儀がですか」

女が首をひねる。

「私は内儀などではありませんよ」

「ああ、失礼を申しあげました。でしたら玉助さんのご家族ですかい」

いいえ、と女がいった。

「私が玉助です。商売の際はそう名乗っています」

夏兵衛は目を丸くした。

「さようでしたか」

「夏兵衛さんのように男だと思ってくださる方が多く、なにかと重宝なものですから」

女があるじで商売をしていれば、なめられていやなことも多いだろう。玉助が用いているこの手立ては、度肝を抜くほどではないにしろ、かなりの効き目があるのではないか。

「それで、うちの商売のなにをおききになりたいんですか」

「呪詛のことです」

「やっぱりそうでしたか。宮司さんの紹介というので、そうではないかと思っていました。呪詛のなにをききたいんですか。道具をほしいお顔ではないようですけど」

「ええ、道具はけっこうです」

目にしたい気持ちがないわけではないが、おどろおどろしさのほうが先に立ち、夏兵衛としては遠慮しておきたい。

「すごい呪詛の力を持つ術者のことです」

「その人を紹介しろと?」

「いえ、そういうわけではありません」

夏兵衛は、玉助に話すべきか迷った。光博にいきさつを教えた以上、いずれ玉助の耳にも入るだろう。結局は、はやいかおそいかのちがいでしかない。

夏兵衛はここまでやってきた経緯を語り、どうしてすごい術者を教えてほしいのか、わけを話した。

玉助が形のよい顎を引く。

「そういうことですか。もしかすると、その術者がさらわれるかもしれないということなのね」

「そうです」

「今のところ大丈夫です」

ずいぶん確信があるいい方をする。なにをいっているのかと思ったが、すぐにぴんときた。

「玉助さんも術者なのですね」

玉助が嫣然とほほえむ。

「さあ、どうかしら」

玉助が真顔に戻る。

「この広い江戸ですから、すごい術者はまだいくらもいます。私の知っている限りでも十名以上です」

「そんなに――」

「だから夏兵衛さんが張りこんでも、無駄とはいわないけれど、当たりくじを引くのには相当の運がないと無理でしょう」

運にはそれほど自信がない。博打でも負けが多かった。

「夏兵衛さんが捜している道賢和尚と舜瑞和尚がどのくらいの力を持っていたか、私は知らないけれど、二人が呪詛を仕事としていなかったことだけは断言できます」

「呪詛を仕事としていなかった？　どういう意味ですかい」

「言葉通りの意味です」

「でも、道賢和尚に仕事を頼みに来た人もいましたし」

「それは道賢さんの仕事だったからです」

夏兵衛は思わず目を細めた。いったいこの女はなにをいっているのか。

玉助が苦笑し、砕けた口調になった。

「ちょっとわかりにくかったわね。蛇の道は蛇ということわざを知っているわね。道賢和尚、舜瑞和尚はともに呪詛医師だったの」

「呪詛医師？」

「そう、文字通り呪詛で病をはねのけることよ。呪詛の仕事は人を呪うことだけではなくて、病を払いのけたり、悪霊をはらったりすることも含まれるの。お二人は呪詛医師だったの」

夏兵衛は少し混乱した。そういえば、と思いだした。岩戸屋には重い病の跡取りがいるとのことだった。

つまり、岩戸屋のあるじの井右衛門は商売敵の呪詛ではなく、せがれの呪詛治療の依頼に道賢のもとに来たということなのか。

きっとそうにちがいない。夏兵衛は納得した。

「ということは、二人の僧侶は呪詛医師として誰かの病を治すためにかどわかされたということも考えられるわけですね」

「そうよ。でも夏兵衛さんがそうだったように、呪詛さえできればいいと考えた者が、なにも知らずに力のある二人の僧侶をかどわかしたというのも、一応は考えておかねばならないでしょうね」

これで夏兵衛は立ち去ることにした。

その前にきいておきたいことがあった。

「玉助さん、海風屋さんというのは、なにからきているんですかい」

「ああ、それ」

玉助はすぐに答えた。

「由来があるわけではないの。私が子供の頃から、海からの風が好きだったということにすぎないのよ」

七

そんなに数があるわけではなかろうと、高をくっていた。

なにしろこれまでの四十年、江戸の町を岡っ引としてめぐり歩いてきて、柔の道場などほとんど目にしたことはなかったのだから。

だが意外にあるのだ。町道場だけでなく、武家が教えているところもあるし、女が師匠をしている道場もあった。

だが、鼠苦手小僧らしい男を門人にしているところにはまだ行き当たっていない。

これについては確信がある。

だが、江戸の柔の道場を虱潰しに当たっていけば、必ずやつに通ずる手がかりを得ることができるはずだ。

これについても確信があった。わけなどないが、岡っ引の勘というやつだ。

待っていやがれ。

伊造は一度見ただけの面影に語りかけた。

必ず引っとらえてやるからな。

そういうふうに考えたら、いきなり腰に痛みが走ったような気になった。実際には痛くないのだが、地面に叩きつけられた瞬間がまざまざとよみがえった。

くそが。

伊造は腰に当てている手に気づき、すぐに振り払うようにした。

ろくに飯も食わずに動き続けた。今、豪之助はなにをしているのか。

昨日、滝口米一郎にいわれたことは、まだ伝えていない。いずれ話すつもりではいる。おりんが考えたことだろうとはいえ、いまだになんとなく腹が煮えている感じがあり、どうも伊造としては素直になれないのだ。

歩き続け、やがて一軒の柔の道場の前に立った。

ここには剣術道場のような連子窓がある。そこから道場内を見たが、無人で、ひっそりとしていた。

入口から訪いを入れる。

出てきたのは若い男だった。

あっ。喉の奥から声が出そうになった。

「どうかされましたか」

男は端整な顔つきをしている。

「いえ、なんでもありません」

男は気がかりそうに見つめてきた。

「いえ、本当です。本当になんでもありません」

どういうことなのか。

頭のなかをかき乱されたような気分だ。目の前に立つ男はこの前、娘のおりんと一緒に歩いていた男なのだ。

どうしておりんは、この男と一緒にいたのか。知り合いなのか。そして、どういう知り合いなのか。

この男に柔を習っているのだろうか。そうだとして、いったいどうしておりんは習っているのか。

「それがしの顔になにか」

男の顔を注視している自分に気づいた。

「いえ」

伊造は言葉を濁した。それがし、といったが、この男は侍なのか。

伊造は唾をのみこんだ。おりんのことをきこうか。

迷ったが、口から出てきたのは探索のことだった。

伊造の言葉をきき終えた男が静かにかぶりを振る。

「いえ、申しわけないですが、それがしにそのような者の心当たりはありません」

「さようですか」

伊造は男をあらためて見た。この前、目にしたときよりずっといい男に思える。

「あの、お名をうかがってもよろしいですかい」

申し出る。少し卑屈になったように感じ、どうしてわしがこんな態度を取らなきゃならねえんだ、と伊造は思った。道場の入口脇に控えめに掲げられた看板には、伊豆島道場とあった。

「伊豆島謙悟と申します」

男はなんの躊躇もなく答えた。名乗るだけのことで、ごねたりする者は決して少なくない。

それがこの伊豆島謙悟の場合、明快に口にした。おそらくうしろ暗いところがまずないことの証だろう。そのことに伊造はほっとした。

またおりんとの関係をききたい衝動に駆られたが、その思いを押し殺し、伊豆島道場をあとにした。

道場から遠ざかりながら、どうしてわしはおりんとのことをたださなかったんだろう、と思った。

わしは昔から臆病だからな。

ただし、おりんとのことをきかなかったのは、伊豆島謙悟という男がさわやかで、悪さができるようには見えなかったことも関係している。

また、おりんを信じようという気持ちも働いている。おりんは聡明だ。妙な男に引っかかるような女ではない。

そう思ったら、立ちこめていた靄が空に吸いこまれてゆくように気分が晴れてきた。もしあの男がおりんの想い人なら、いずれきっちりと紹介するだろう。おりんはしっかりした娘なのだ。

伊造は、再び柔の道場を当たることに専念しはじめた。

行きかう町人に話をきき、柔の道場に次々に足を運んだ。

牛込改代町に来たとき、寺でも柔を教えているところがあるのを町人の口から知った。

寺でもなあ。きっと強い坊さんがいるんだろうな。

どういう住職が柔を教えているのか興味を持ち、伊造はさっそく向かった。

寺はすぐに見つかった。巻真寺という扁額があけ放たれた山門に掲げられ、その向こうに境内が見えている。

さほど広い境内とは思えないが、本堂や庫裏以外にもいくつかの建物が見える。一つはかなり大きく、奥のほうに建つもう一つはただの家のように見える。

手前に建っているのが道場だろうか。

伊造は歩を進ませた。町方役人は許しなく寺社に立ち入れないが、伊造のように正体を明かしていない岡っ引が足を踏み入れるのはかまわない。山門をくぐり、境内に立つ。

本堂の扉はあけ放たれ、本尊が見えているが、住職らしい僧侶の姿はない。庫裏に人の気配がしているのに気づいた。夕餉の支度でもしているのか、飯の炊けるにおいと味噌汁の香りが漂っている。

伊造は、自分がひどく空腹であるのを思い知らされた。今にも腹の虫が鳴きだしそうだ。

唾を一つのみこんでから庫裏に近づき、声をかけた。

応えがあり、障子があいて若い女が姿を見せた。

何者なのか。陰を感じさせるが、したたるような色気からして、紛れもなく住職の妾だろう。この手の僧侶は、江戸に数え切れないほどいる。僧侶といっても、結局は男にすぎないということだ。

伊造は顔色を変えることなく、用件を話した。

「さようですか」

女がうなずく。

「柔について兄に話をおききになりたいのですね」

兄か、と伊造は思った。体面として外にはそういうことにしてあるのだろう。

「はい。お会いできますか」

「大丈夫と思います。今きいてまいりますから、少々お待ちください」

女が奥に消えた。

さして待つほどのことなく、女が戻ってきた。眼光の鋭い僧侶が一緒だ。

異形の僧に見えた。迫力が体からにじみ出ていて、気圧(けお)されるものを感じる。柔の達人という看板に偽りはないようだ。

伊造はあらためて名乗り、頭を下げた。

僧侶は名乗り返さず、じっと視線を当てている。伊造はなんとなく落ち着かないものを覚えた。

「こらちにどうぞ」

僧侶がいい、伊造は庫裏にあげられた。

奥の座敷で向かい合って座る。女が茶を持ってきた。

女が去り、茶を伊造に勧めて僧侶がはじめて名乗った。

参信和尚というのか、と伊造は思った。この和尚のことはこの場をすぐに離れたとしても、そうたやすく忘れることはなかろう。

伊造はそれに合わせるように、自らの身分を告げた。

「ほう、御用の筋の方ですか」

「町方に関係している者に境内に入られるのはおいやですか」

「いえ、別に」

参信が穏やかな微笑を浮かべる。

「寺社奉行の許しを得れば寺社の境内には入れますから、気分を害するようなことはありませんよ」

それなら話がはええや、と伊造は思った。

「さっそくですが、こういう男に心当たりはありませんか」

体はそんなに大きくなく敏捷で、足腰の力がまるで馬のように強い若い男。

「それは、門人で教えたことがあるかということですか」

「門人でなくとも、柔を教えたことがあるかおききしたいのです」

「その男はなにをしたのです」

「今、府内を騒がせている盗賊です」

「ほう、例の盗賊は柔の術を身につけているのですか」

「ええ、まあ」

「それはどうしてわかったのですか」

伊造は参信の顔を見た。

まさかものの見事に投げられたのをこの和尚、知っているんじゃあるめえな。

だが参信の表情は真摯そのもので、心の底から知りたいからこそきいているというふうが見えた。

伊造は意を決した。

「野郎にあっしがぶん投げられたからです」

参信が目を丸くする。

「これはまたずいぶんと正直におっしゃいますな」

ほかの者に話をきいた際は、探索の末にわかったんです、と適当にいっていた。そんななかで、真実を口にしたのはこの和尚がはじめてだ。

「隠したところで仕方ありませんからね。——やつの技の切れは、かなりのものと見ました。ですから、いい師匠についていたか、今もついていると見ました」

「拙僧は悪い師匠とは申さぬが、さしていい師匠ともいえんでしょうな」

「先ほどの柔の男に心当たりは？」

「ありませんな」

参信が断言する。

「今、柔を教えてはいないんですかい」

「拙僧がしているのは手習師匠で、柔は自分を鍛えるためですからな」

ほかにききようもなく、伊造は参信のもとを辞した。

境内にはすでに夜のとばりがめぐらされ、その闇の深さに伊造はとまどうものを覚えた。懐から小田原提灯(おだわらぢょうちん)を取りだし、火をつける。

山門を出た。


ぎくりとした。

思わず足をとめ、小田原提灯を取り落としそうになったが、夏兵衛はなにげなさを装ってなんとか歩き続けた。

この暗いなか、人影が巻真寺の山門をいきなり出てきたこともあったが、提灯の淡い明かりに照らされたその顔が、材木問屋の高井屋に忍びこもうとして、待ち構えられていた岡っ引に見えたからだ。

いや、見まちがいなどでは決してない。紛れもなくあの老岡っ引だ。

心の臓が跳びはね、口から出るのではないかと思えるほどの驚きだった。

岡っ引も、近づいてきた夏兵衛の影に目をみはったようだが、わずかに提灯をあげただけで、不審げな眼差しを向けてくるわけでもなく、右に向かって足早に歩いていった。

夏兵衛は、山門を離れることに専念した。半町も離れたとき、小さく振り返り、闇を透かして見た。

岡っ引が立ちどまり、こちらを見ているように見えて、背筋に震えが走った。

夏兵衛は肩を一つ揺すると、再び歩きだした。

あの岡っ引は、巻真寺になにをしに来たのか。

考えられるのは一つ。柔のことだろう。

高井屋で待ち受けられていた晩、夏兵衛はあの老岡っ引を柔をつかって投げ飛ばした。それを手がかりと見て、あの老岡っ引はおそらく、江戸の柔の道場や柔を教えている者をそれこそ虱潰しにしたにちがいない。

今日も、参信に話をききに来たのはまちがいあるまい。

だからといって、あの老岡っ引の目がいきなり夏兵衛に向くはずもないが、油断は禁物だ。

こりゃ駄目だな。

夏兵衛としては、今夜、この前やり損ねた金貸しの甲州屋を、もう一度狙うつもりでいた。

だが、老岡っ引が間近まで迫り、その上、あのすごい用心棒は今もいるだろう。

千両あれば、足を洗える。由岐のところにも行き放題だろう。

しかし、甲州屋まで行ったところで、結局はなにもすることなく退散するしかないはずだ。

それがわかって夏兵衛は四半刻後、おとなしく巻真寺に戻った。

あの老岡っ引の影はどこにもなかった。

第四章　蛇の舌

一

眠りは浅かった。

こうして日当たりのいい道を歩いていても、夏兵衛(なつべえ)にはまだ眠気がある。いや、今日は一時の寒気が去り、あたたかさが町に満ちて、むしろ眠気を誘ってくるようだ。行きかう人たちの表情も、幾分かゆるんでいるように見える。

ただ、寺に踏みこまれるのではないかという思いがあって、昨夜は眠るのが怖く、寝ついたのは深夜だった。そのために起きるのが昼近くになった。

そのせいで、こうして動きだすのもかなりおくれることになった。

しかしこんなのじゃいけねえよ。しっかりやらなきゃ。

そう思うものの、あくびはとまらない。やはり昨日、あの老岡っ引に会ったことが響いている。

つかまるのが怖いのだ。なにしろあの岡っ引には、一度食らいついた獲物は決して逃がさないという気迫がありありと感じられるからだ。

昨日は気づかれずによかったと思う。うまいことやりすごせたのはなによりだった。老岡っ引といきなり出くわして、冷静だった自分をほめたい気分だ。

歩き続けた夏兵衛が足をとめたのは、小石川中富坂町だ。姿を消した道賢に会いに本累寺にやってきた岩戸屋井右衛門に話をきくのが目的だ。

果たして井右衛門がききたいことを答えてくれるかわからない。

だが、呪詛ではなく呪詛医師を求めて井右衛門が道賢に会いに来たことがわかっている以上、きき方はあるだろうと思っている。

岩戸屋は店をあけていたが、活気に欠けているようだ。店は広いが、数名の女客が入っているにすぎない。おしろいの見本が見栄えよくたくさん並べられているのが、むなしさを覚えさせる。

女客を相手にしているのは一人の手代だが、あと数名の手代は土間の隅に立ち、手持ちぶさたであるのを隠しきれずにいた。

夏兵衛が暖簾を払うと、一人がほっとしたように寄ってきた。

「いらっしゃいませ」

丁重に頭を下げる。

「女にやりてえんだが、いいのを見繕ってくれるかい」

ちょうどいいや、由岐にやろう、と夏兵衛は思った。

「でしたら、これなどいかがでございましょう」

手代が勧めてきたものを、夏兵衛は買うことにした。以前は盆暮れの支払いが多かったらしいが、今は現金をその場で払うのが当たり前になりつつある。

代を支払い、ていねいに紙で包まれたおしろいを受け取ってから、夏兵衛はあるじが店にいるか問うた。

手代の顔にいぶかしげな色が浮かぶ。

「主人にどのようなご用でしょう」

「ききたいことがあってな」

「どのようなことでございますか」

夏兵衛は顎をなでた。どういえばいいだろうか。

「こちらには病の子供がいるときいた。実をいうと、俺の子も病なんだ」

　嘘をつくのはきらいで、気持ちが落ちこむが、今は仕方ないと自らにいいきかせた。

「さようですか」

「こちらの子の病は重いときいたが？」

　手代は重苦しそうな表情になった。

「ええ」

「俺の子も重いんだ。それで、道賢さんのことで、ちときききたいことがある。そういうふうに伝えてくれれば、きっと会ってくれると思うんだが」

「どうけんさん、ですか」

　夏兵衛はどういう字を当てるのか教えた。

「道賢さんですね。承知いたしました。少々お待ちください」

　手代は奥に去った。

　手ぶらで三人の女客が出ていった直後、戻ってきた。

「お待たせいたしました。主人が奥で待っております。どうぞ、こちらに」

　夏兵衛は、家族が暮らしているらしい住居のほうに導かれ、座敷に通された。

　井右衛門はそこで待っていた。夏兵衛は一礼し、井右衛門の前に正座した。手代が頭を下げてから廊下を遠ざかってゆく。

「あなたは……」

井右衛門が夏兵衛をまじまじと見て、つぶやく。

「思いだしていただけましたか」

井右衛門とは一度、道賢が住職をつとめる本累寺で会い、会話をかわしている。

夏兵衛はあらためて名乗った。前に見たときより、やや老けたように思える井右衛門がいぶかしげに名乗り返す。

「して、道賢さんのことをおききになりたいとのことですが、どのようなことをでございますか」

「どなたから、道賢さんが呪詛医師であるのをおききになったのです」

「それですか」

少し考えこむ。

「あまりいわないようにいわれているんですが」

「手前は今、お寺社の筋から道賢さんを捜すようにいわれているんです。まことに申しわけなかったが、子供の病のことは岩戸屋さんに会うための口実です。どうか、教えていただけませんか」

「お寺社の筋の仕事をされているのですか」

井右衛門が夏兵衛を見つめ、納得したような顔をする。

「夏兵衛さんを見ていると、探索の仕事をされるのは、こういうお方こそ向いているのだなあと思いますよ」

「いえ、そんなこともありませんが」

謙遜（けんそん）しつつ、夏兵衛はうれしかった。

「わかりました。申しあげましょう。道賢さんが見つかることが、手前の子のためにも他の方のためにもなるでしょうし」

井右衛門は、道賢のことを教えてくれた者の名を静かに告げた。夏兵衛はその名を脳裏に刻みこむようにした。

井右衛門に厚く礼をいって岩戸屋を出た。この店が以前の繁盛ぶりを取り戻すことを強く祈る。

夏兵衛は本郷元町（ほんごうもとまち）に足を運んだ。

「こいつはすげえや」

繁盛ぶりが岩戸屋とは桁（けた）がちがう。まるで祭りの日のように店はにぎわっている。奉公人たちは大忙しだ。

夏兵衛の目の前に建つ店は原田屋といい、あるじの梅三郎は、元は岩戸屋の奉公人だ。岩戸屋から暖簾わけされ、新しいおしろいである雪精おしろいをつくりだして、この隆盛を築きあげたのだ。

新しいおしろいを売らせてほしいとの井右衛門の頼みを蹴ったとされる梅三郎が、道賢のことを教えたというのは、井右衛門が梅三郎のことをうらみになど思うはずがないことを、確実に裏づけている。

四半刻ほど待ち、手代の一人の手がようやくあいたところを見計らって夏兵衛は声をかけた。

手代には井右衛門の紹介でやってきたことを伝え、その後、またも四半刻かかって梅三郎に会うことができた。

風通しのいい座敷だ。今日くらいあたたかだと、思わずのびをしたくなるほど気持ちのよい部屋だ。

「道賢さんについて岩戸屋さんの紹介でいらしたとのことですが？」

はやく夏兵衛との用件を終えたいのか、梅三郎から切りだしてきた。さすがに新たなおしろいをつくりだし、そしてそれが大売れしている自信からか、梅三郎は精悍な面つきをしている。

浅黒く焼けた肌はつやつやし、やや離れた両目もむしろ男らしさを増しているような感じさえする。

夏兵衛もじらせるような真似をする気などなく、単刀直入にいった。

「ほう、お寺社からのご依頼で動かれているのですか。それで、道賢和尚を誰から紹介されたかお知りになりたいのですね」

「さようです」

「しかし道賢和尚が失踪されたとは、驚きです」

「道賢さんが失踪されたことについて、なにか心当たりがおありですか」

「いえ、ありません」

梅三郎は即座に首を振った。嘘をついているようには見えず、夏兵衛はうなずいた。

「道賢さんのことをどなたからきいたのです」

「うちに出入りの薬屋ですよ」

「その薬屋さんは、なんというのです」

「藤沢屋の彦平さんといいます」

「出入りといわれましたが、その彦平さんは、こちらにはよく来るのですか」

「そうですね、三月に一度ほどでしょうか」

「最後に来たのはいつです」

梅三郎が形のよい眉をよせ、考えこむ。

「そうですね、一月ほど前のような気がします」

となると、次にここに来るのは二月後か。そんなに待つことはできない。

「藤沢屋さんというのは、どちらにあるのですか」

夏兵衛は梅三郎にたずねた。

「彦平さんに会いに行かれるつもりですか。でも藤沢屋さんは近江ですよ」

「近江ですか」

京に近く、琵琶湖がある国であることくらいしか知らない。あまりに遠すぎる。

「でも江戸に来れば、一月以上は同じ宿に逗留しているとの話をききましたから、もしかすると今も江戸にいるかもしれませんよ」

「定宿があるのですね。それがどこか、ご存じですか」

「いえ、申しわけないですが……」

そうですか、と夏兵衛はいった。せめてその宿を示唆するなにかがほしかったが、それも梅三郎の口からは出てこなかった。

それでは申しわけないと思ったか、梅三郎は女房を呼び、彦平のことで覚えていることはないかきいてくれたが、年若い女房も彦平に関し、脳裏に残しているものはなかった。

仕方あるまい。

夏兵衛はあきらめ、原田屋を出ようとした。その前にききたいことがあるのを思いだした。

「あの、どうして道賢さんのことを岩戸屋さんに教えたのです」

「ああ、それですか」

一瞬、梅三郎は遠くを見るような目をし、それから煙草盆を引き寄せた。手慣れた仕草で煙管に煙草をつめ、火をつけた。うまそうに煙を吐きだす。

「もちろん、岩戸屋さんのお子を気の毒に思ったからです」

煙管を吸いつつ続ける。

「うちには七歳になる跡取りがいます。その子が三年前、重い病にかかりました。医者にも見放され、あとは神仏にすがるしかないというところまで追いつめられた際、彦平さんから道賢さんのことを教えてもらいました。それで溺れる者が藁をつかむような気持ちで本累寺に行き、道賢さんの祈禱を受けたところ、せがれの病は嘘のようだ。

「今、岩戸屋さんの跡取りが重い病にかかっているのを知り、教えてさしあげたのです」

へえ、と夏兵衛は驚嘆した。道賢というのはそれだけの力がある呪詛医師だったのに治りました」

煙管を煙草盆に静かに置いた。

「しかし、岩戸屋さんとは仲が悪いのではありませんか」

「悪くはありませんよ」

梅三郎がいいきる。

「でも、岩戸屋さんの依頼を断ったというようにききましたが」

「それですか」

やや苦い顔をして、梅三郎が顎を引いた。

「お断り申しあげたのは事実です。でも、手前が断ったのは、岩戸屋さんが情けない顔をされていたからです」

「ほう」

「手前が奉公人だった際の覇気など、岩戸屋さんのどこにも感じられなかった。こんな顔をされている人に、手前がつくりあげた雪精おしろいをわけたところでしようがないと思ったのです」

「それがどうして道賢さんのことを教えたのですか」

夏兵衛がきくと、梅三郎は手にした煙管を煙草盆に軽く打ちつけた。

「つい最近、岩戸屋さんの覇気のなさが跡取りの病にあるとわかったからです。岩戸屋さんのことを決して哀れんだわけではありませんけど、放っておけないという気持ちにはなりました」

二

薬売りの彦平の定宿がわからないのは痛いが、藤沢屋という店の奉公人であるということがわかっていれば、定宿を見つけだすのはそんなにむずかしいことではないように思えた。

ただ、江戸には旅籠(はたご)がいったい何軒あるのか。東海道や中山道など街道沿いに旅籠が多いといわれているが、一番多いのは江戸の町だときいたことがある。江戸見物にやってくる人の数を考えれば、それも当然かもしれない。

る。

旅籠の数だけを考えると、気が重い。しかし、やり遂げなければならない。

夏兵衛はまず日本橋に向かった。宿といえば、日本橋近くの馬喰町という思いがある。

この町は江戸の中心である日本橋が近いこともあり、多くの宿が寄り集まっている。八十軒は優にあると耳にしたことがある。

馬喰町にある宿のほとんどは公事宿で、客は諸国の幕府領から訴訟のためにやってきた百姓がかなり多い。訴訟は長引くことが当たり前で、客は当然、長逗留することになる。

藤沢屋の彦平も一月も長逗留するというので、馬喰町あたりに定宿を持っているのではないかと夏兵衛は見当をつけたのだ。

馬喰町に向かう途中、夏兵衛はおっ、と声をあげ、立ちどまることになった。

数間先を由岐が横切ったからだ。由岐はせまい路地に入っていった。

すでに夕闇があたりに漂いはじめており、人の顔も見わけにくくなっているが、由岐の顔を見誤るはずがない。

こんなところで会えるなんて、神さまのお導きだろうぜ。

夏兵衛はうれしくてならなかった。急いで路地に入りこみ、由岐のうしろ姿に声をかけた。

由岐が驚いたように振り向く。夏兵衛を認めて、あっ、と声にならない声をだした。

「由岐さん、こんなところで会えるなんて……」

感極まったようになって、夏兵衛はそのあとが続かなかった。由岐は鴨下で見るような妖艶さすら感じさせる着物ではなく、むしろ武家のようなこざっぱりした小袖を身につけている。

由岐が眉根を寄せる。

「どなたのことをおっしゃっているのですか。人ちがいです」

冷たい口調でいい放ち、背を向けた。

「待った」

夏兵衛は手をのばし、由岐の袖をつかもうとした。

軽く手を払われた。するりという感じで腕が抜けてゆく。由岐には武芸の心得があるようだ。

何者だい。

夏兵衛は由岐の薄い背中をじっと見た。やはり、この女にはなにかある。だからこそ、常に陰のある表情をしているのだろう。

「由岐さん、おまえさん、いったいどんなわけがあるんだ。俺に話してみないか。力になるぜ」

由岐が振り向く。

「いい加減にしてください。私は由岐なんて名ではありません」

「じゃあ、なんていうんだい」

「見ず知らずの人に教える義理などありません」

「見ず知らずだなんて――」

何度も肌を合わせた仲じゃないか、といおうとして夏兵衛はやめた。そんなことをいうと、本気で由岐を怒らせることになりそうだ。

「だったら、名は呼ばねえよ。娘さん、おまえさんにはどんなわけがあるんだ。俺に話してみないか」

由岐はなにもいわず、歩き続けている。

「なあ、だんまりは疲れるだろう。話したほうが重荷が取れて、気持ちは楽になるものだぜ」

由岐が足をとめ、全身を振り向かせた。

「おっ、話す気になったかい」

「いい加減にしてください。先ほどもいいましたが、見ず知らずの人と話をする気などないんです。私のそばから消えないと、人を呼びますよ」

呼んでもらっても全然かまわなかったが、由岐のかたくなな心をやわらげるにはときが必要なのを、夏兵衛は解した。

「そうかい。わかったよ。本当に人ちがいだったようだ。じゃあ、これで」

夏兵衛はきびすを返し、足早に由岐から遠ざかった。

頃合を見て、首だけを振り向かせた。一町ほど先にいる由岐は、すでに道を歩きはじめている。

夏兵衛はあとをつけはじめた。このくらい距離を置いていれば、いくら由岐に武芸の心得があるとはいっても、感づかれることはまずあるまい。

由岐の足取りに迷いはない。どこに行くのか。住みかだろうか。

それならありがたい。由岐がどこに住んでいるかわかるのなら、おれんという遣り手がいる鴨下で会えずとも、こちらに来ればいいことだからだ。

むろん、住みかで由岐を抱くことはできないだろうが、顔さえ見られれば今の夏兵衛には十分だ。

由岐が住みかとしているのは、小石川富坂新町(とみさかしんまち)の佳兵衛(かへえ)長屋というところだった。長屋は江戸のどこにでもある裏店で、六つの店が路地をはさんで向き合っていた。

夏兵衛は、右側の四つ目の店の前に静かに立った。この店に、由岐は人目をはばかるように入っていったのだ。

路地に人けはなく、十二の店すべての障子戸に明かりが灯り、その淡い光が路地に映じられている。

そういえば、と夏兵衛は思った。由岐が入る前から、この店には明かりがついていなかったか。

まちがいなくついていた。ということは、誰か同居している者がいるということだ。

男だろうか。夫というのは、眉を落としていないことから考えにくい。

もっとも、春をひさぐのに人の妻であることを教えたくはないだろうから、眉はあえて落としていないのかもしれない。

その場合、鴨下で由岐が身を売っているのは夫も了承していることになる。

とにかく、由岐の住みかが知れたことは幸運だった。

夏兵衛は、今日はここまでにし、巻真寺に引きあげることにした。馬喰町は明日だ。

翌日は朝から馬喰町にやってきた。あの老岡っ引の気配は巻真寺の周辺にはなく、昨夜は枕を高くして眠ることができた。

きっと彦平の手がかりをつかむことができるという確信を持って、夏兵衛は動いた。

だが、結局はなんの手がかりもなく、日暮れを迎えた。彦平の藤沢屋は馬喰町に定宿を持ってはいないようだ。

小田原提灯に灯を入れ、巻真寺に向かって歩きだしたが、足取りは少し重い。

牛込改代町に入り、あと半町ほどで巻真寺というところまで来たとき、背後からあわただしい足音がきこえた。

ただならなさを覚えた夏兵衛はすばやく振り返った。

数名の影が近づいてきていた。いずれも刀を帯びている。

まずい。

そのことを肌で感じ、提灯を叩きつけるように捨て、夏兵衛は走りだそうとした。

しかしいきなりなにかにぶつかり、首根っこをつかまれた。大熊にでも押さえつけられたかのように、身動きができない。

目をあげると、体の大きい男が目の前にいた。深く頭巾をかぶっているせいで、顔はまったく見えない。こちらも二本差しだ。

他の侍がすばやく寄ってきて、夏兵衛の体に縛めをし、猿ぐつわを嚙ませた。

夏兵衛はあらがおうとしたが、体はびくとも動かない。まるで子犬にでもされたような気分だ。

そばに、富裕な商人が乗るような宝泉寺駕籠が運ばれてきた。夏兵衛は目隠しをされて、押しこめられた。

どこに連れていくつもりだい。

思ったが、声が出ない。猿ぐつわのせいではなく、恐怖のためだ。情けないことに、震えがとまらない。

駕籠かきからは、かけ声はきこえない。ひたすら無言で走っているようだ。

走ったのは、四半刻ほどだ。目隠しのせいで、どこなのかまったくわからない。

夏兵衛は手荒に駕籠からだされた。目隠しが取られる。

暗い影が覆いかぶさるように立ちはだかっている。屋敷といっていい広さの家の影だ。瓦ののった門が目の前に建っている。

夏兵衛は大男に引きずられるようにして、屋敷に連れこまれた。

空き家のようだ。屋敷自体は広いが、畳がどの部屋にも敷かれていない。

夏兵衛は奥の部屋に座らされた。猿ぐつわをされているのにもかかわらず、歯が鳴りそうになっている。

夏兵衛は歯を嚙んでこらえようとしたが、無駄でしかなかった。

まわりを頭巾をした侍に囲まれる。夏兵衛の歯は大きく鳴りはじめた。

「怖いか」

正面に立つ小柄な侍がいった。意外にやさしげな口調だが、こんなことで気を許すことなどできない。

小柄な侍の腕が顔にのびてきて、心の臓が縮まるような心地がしたが、猿ぐつわが取られたにすぎなかった。

「道賢や舜瑞(しゅんずい)の行方を調べているな」

きかれたが、夏兵衛は黙っていた。

「これでも黙っていられるかな」

小柄な侍が脇差(わきざし)を抜き、夏兵衛の喉元に突きつけた。刃先が喉仏に当たっている。

小柄な侍が少し力を入れれば、自分はまちがいなくあの世に旅立つ。

「どうだ」

「調べている」

なんとか歯の根を合わせて答えた。

「やっとしゃべる気になったか。いいか、夏兵衛どの」

名を知られているのはひじょうに気持ち悪く、どのづけされたことがさらなる恐怖をかき立てた。

「道賢や舜瑞の一件から手を引け。そうすれば、今日は寺に帰れる」

小柄な侍がのぞきこむ。酷薄そうな細い目がじっと見ている。その目は、蛇の舌を夏兵衛に思い起こさせた。

「もし手を引かなかったらどうなるか。命はないぞ」

小柄な侍が夏兵衛の顎を持ちあげる。鍛えた力強さが感じられ、夏兵衛はじっとしているしかなかった。

「長生きしたいだろう。どうだ、わかったな」

夏兵衛はうなずかざるを得なかった。なにしろ今にも小便を漏らしそうになるほど、怖かった。

三

おりんのつくる飯はうまい。清水屋という一膳飯屋を切り盛りしているから、という意味ではない。今は亡き女房の味だからだ。

伊造は膳から湯飲みを取りあげ、茶をすすった。静かなときが流れてゆくような気がする。こんな穏やかさは、岡っ引となって以来はじめてではないか。

おりんは台所で洗い物をしている。冷たい水をつかっているはずだが、どこか鼻歌まじりだ。

伊造は、柔の道場をひらいている伊豆島謙悟を思いだした。おりんは不機嫌なときを捜すのがむずかしいくらい穏やかな娘だが、逆に鼻歌をきけるのも珍しい。この上なく上機嫌なのは確かだろう。

伊豆島謙悟のことを想っているからか。問いただしたいが、知るのが怖くて自分にはそれができない。

父親なのに情けねえ。

いや、それよりも番所の仕事にたずさわっている者として情けない。岡っ引は世の人が一生知らずに終わるはずのことを、いくらでも知っている。誰もが心のうちに秘めておく事実を暴きだすのが仕事といっていい。

そういうことを生業（なりわい）としているのに、娘のことを知るのが怖いというのは、自らの頭を殴りつけたくなるほどだ。

伊造は湯飲みを膳に戻した。

おりんのことは、今はまだいい。前も考えたことだが、もし伊豆島謙悟と一緒になるのなら、はっきりいってくる娘だ。

伊造は別のことを脳裏にひねりだすようにした。

思い浮かんできたのは、巻真寺という寺の門前で出合った男のことだ。どうにも気にかかってならない。

すでに二日前のことだが、ときがたつにつれて怪しくてならなくなっている。

あのときはなんとなく見すごしてしまったが、あの男はこちらを見て、やや目を見ひらいた気がしないではない。

もし見ひらいたとしたら、それはわしのことを知っているからだ。

どこでわしのことを知ったのか。決まっている。

体格にしろ骨格にしろ、巻真寺の前で会った男は、高井屋のそばで格闘した鼠苦手（ねずみにがて）

小僧にそっくりといっていい。しなやかそうな体つきも同じだ。

どうしてあのときそうと気づかなかったのか。

まったくぼけてやがるぜ。

ろくに顔を見てはいない。小田原提灯のか細い明かりでは、やはりむずかしいのだ。

考えてみれば、あの男、明かりから顔をそむけるようにしなかったか。

ますます怪しい。

もしあの男が鼠苦手小僧だとした場合、どうして牛込改代町にいたのか。

巻真寺と関係があるのではないか。住職の参信は、自分は手習師匠で、柔は自分のためにしているようなことを口にしたが、実際はあの男に教えているのではないか。

おととい、あの男は柔を習いに来ていたのではないか。

きっとそうだ。

伊造は巻真寺を張ってみることを決意した。ただし、張りこみを一人でやるのはつらい。

「おりん」

呼ぶと、なあに、とおりんが居間にやってきた。膳の上を見る。

「お茶は飲んだ？」

「ああ。うまかった」

にこっと笑って、おりんが湯飲みだけが置かれた膳を持ちあげた。右の頰にできるえくぼがとてもかわいい。

「おりん、豪之助はいるかい」

「お兄ちゃん？　部屋にいるはずよ。呼ぶ？」

「頼む」

「ちょっと待っててね」

おりんは膳を台所に下げてから、豪之助の部屋に向かった。せがれはここ最近、ほとんど遊びに出ていないようだ。

本気で岡っ引になるつもりでいて、改心したのか。そう考えるのはまだ早計だろうが、伊造としてはこのままでいてほしいという思いが強い。

「なんだい、とっつあん」

豪之助が居間にあらわれた。おりんは台所におりていった。

豪之助が目の前に座る。搔巻を着たままで、眠そうな顔つきをしている。

「仕事だ」

「探索かい」

一転、豪之助が目を輝かせる。

えっ、という声をだした。いかにもげんなりという顔だ。

「張りこみだ」

「寺を張りこむ」

伊造はかまわず続けた。

「どこの寺だい」

興味なげに豪之助がきく。

「そいつは張りこんでからだ」

「いつから張りこむんだい」

「今からだ」

豪之助があわてる。

「とっつあん、待った。まだ朝飯も食っちゃいねえよ」

「わしはとっくに食った。行くぞ」

「そんな」

「つべこべいうな」

亀が首を縮めるように豪之助がうなずく。

「でもとっつあん、着替えるくらいは待ってもらえるんだろ」

豪之助の足取りは、ほしいおもちゃを買ってもらえなかった幼子のように重い。まるでため息がきこえてきそうだ。

「おめえ、そんなに張りこみがいやなのか」

伊造は振り向いて、せがれを見た。

「いやってことはねえんだけど……」

伊造は前を向き、さらに足早になった。裾（すそ）を払って入りこんでくる風はひどく冷たく、身震いが出そうになる。せがれの手前、そんな真似は意地でもできない。

「待ってくれよ」

豪之助が泡を食ったようについてくる。

「とっつあん、はええよ」

「はやくねえ。いやってことはねえんだけど、なんだ。続きをいいな」

「ああ、それかい。張りこみってのはただひたすら待つだけだろ。しかもこんな冷たい風のなか……」

「おめえは探索がしてえのか」

「そうだよ。いろいろ調べあげるのは楽しそうじゃねえか」

「楽しいか。そんなことをいってられるのは今のうちだ。いずれ知りたくもねえことを知ることになって、つらい目に遭うのはてめえだってことを肝に銘じておくんだな」

伊造は再びせがれを振り向いた。

「それから豪之助」

声に迫力を持たせた。

「な、なんだい、とっつあん」

「張りこみも探索の大事な仕事だ。忘れんじゃねえぞ」

「ああ」

「ああ、じゃねえ。はい、だ」

「はいはい」

「はい、は一度だ」

「はーい」

伊造は内心、息をついた。手札を預けてくれている滝口米一郎は豪之助のことを気に入っているようだが、本当にこんな男で大丈夫なのだろうか。

伊造は牛込改代町にやってきた。巻真寺の前に立つ。行きかう人は多いが、伊造たちに注意を向ける者はいない。

「この寺を張りこむのかい」

豪之助が、あけ放たれた山門の扁額を見あげる。

「ふーん、巻真寺か。この寺の住職を見張るのかい。住職はなにをやらかしたんだい。女犯かい。女犯じゃあ町方の出番はねえか。お寺社のほうだな」

「うるせえぞ。ちっと黙ってな」

「はいはい」

伊造はにらみつけた。

「はーい」

伊造はあたりを見まわした。

「おい、豪之助。この寺を張るにあたり、どこがいいと思う」

「あそこに茶店があるぜ」

一町ほど先に、茶店のものらしい幟が確かに出ている。

「あそこじゃあ遠すぎるだろうが」

「そうかな。張りこみってときがかかるものなんだろ。この冷たい風をよけて体を冷やさずにいられるから、いいと思うんだけどな」

豪之助の言葉には耳を貸さず、三間ほど右手の路地にさっさと身をひそめた。豪之助が渋々ついてくる。

「とっつあん、ここじゃあ寒いよ」

「風は入ってこねえぜ」

「そうかな。とっつあん、もう歳なんだから意地を張らずに茶店にしようぜ。あったかい茶を飲んで見張ったほうが身のためだって」

「うるせえ。黙って寺を見てな」

「はいはい。いや、はーい」

うしろに下がった豪之助は、伊造の肩越しに巻真寺を見はじめた。

「ここからだと境内がよく見えるね。とっつあん、さっきの話だけど、どうしてこの寺を張るんだい」

「一人、男がいるんだ」

「住職かい」

「ちがう」

「なんて名だい」

「知らねえ」

「知らねえ男のことを張るんかい。この寺にいるのか」

「わからねえ」

「いるかどうかわからねえやつを張るのか」

豪之助が路地を出た。

「おめえ、逃げる気か」

「ちがうよ。近所の人に寺のことをきいてくるだけさ」

確かになにも知らずに張りこむより、あらかじめいろいろと知っておいたほうがいい。これは張りこみの大本といっていいことなのに、失念していた。しかも、それを出来の悪いせがれに教えられるとは。

「そうだな。行ってこい。でも豪之助、慎重にやるんだぞ。正体を見抜かれるんじゃねえぞ」

豪之助がにこっと笑った。右の頬にえくぼができて、おりんとよく似た笑顔だ。

こいつ、こんなところにえくぼなぞ、ありやがったか。

「まかしときなよ。そんなへまはしねえ」

豪之助が姿を消した。

伊造はそのまま路地に居続けた。さすがに寒い。今日はどんよりとした雲が空を覆っていて、陽射しがない分、足許がかなり冷えている。

豪之助には弱みを見せられないが、さすがにつらい。特に、ここ最近は冷えに弱くなった。

少しだけ雲が薄くなったか、かすかに日が照りはじめた。それだけで伊造は生き返ったような気分になり、思わず目を閉じた。

しばらくそうしていたら、いきなり豪之助の声がした。

「とっつあん、縁側でひなたぼっこしてる猫みてえだぞ」

伊造は目をひらいた。にらみつけようとしたが、その視線をはずすように豪之助が路地に入ってきた。

「わかったのか」

伊造は不機嫌にきいた。

「だいたいね」

豪之助が得意げに鼻をうごめかす。

「近くに越してきた者だけど、檀家になるかもしれないから巻真寺の評判を知りたいといったら、近所の人はこころよく話してくれたよ」

「はやく話しな」

「そんなに急くなって」

豪之助が伊造の肩を軽く叩いた。野郎、と思ったが、豪之助が語りはじめたので、伊造は耳を傾けた。

「住職は参信、歳はわからなかったけど、五十近いらしい」

「和尚のことはわかっている。別のことを話しな」

「はいはい」

豪之助が余裕たっぷりにいう。

「住職が手習所をひらいているのは知っているよね。そんなににらまないでくれよ。すぐに本題に入るからさ。——その手習所では一人の大人が子供たちと一緒に学んでいる」

「そいつの名は？」

豪之助の顔に、少し怪訝そうな色が浮かんだ。

「なんだ、その顔は」

「いや、なんでもねえよ。男は夏兵衛というそうだ」

「何者だ」

「寺の家に住みこんで、庭師の真似ごとをしているそうだ。歳は二十五、独り者とのことだよ」

「ほかにはなにかわかったのか」

「いや、今のところはこれだけさ」

「そうかい」

伊造はせがれを見つめた。

「豪之助、正直に白状しな」

「白状ってなにを」

「とぼけんな。夏兵衛って男のこと、知っているんじゃねえのか」

豪之助が目を見ひらく。見る目が敬意の表情に変わった。

「さすがとっつあんだ」

やっぱりな、と伊造は思った。

「おめえの顔なんぞ、字が書いてあるみてえに見え見えなんだ」

そうかな、と豪之助が顔をなでた。

「俺が知ってる夏兵衛という男と、その寺に住んでる夏兵衛という男が同じ者かはわからねえんだけど、そうそうどこにでも転がってるって名じゃねえ」

「そうだな。どこで知り合ったんだ」

豪之助が話す。

「ふん、女郎宿か」

「夏さんの惚れてる女は、女郎っていうふうには見えない女だがね。なあ、とっつぁん、もしその寺の夏兵衛が俺の知ってる夏さんだとして、夏さんはいったいなにをやらかしたんだ」

伊造はあきれた。

「おめえ、高井屋に続いてこの寺を張ろうってんだ、そんなこともわかってなかったのか」

ええっ。豪之助が驚きを顔に刻む。

「じゃあ、夏さんが例の盗人ってことになるのかい」

伊造は深くうなずいた。

「わしはそう考えている」

四

怖かった。

昨夜のことを思いだすと、夏兵衛は今でも震えが出る。

昨夜はどこかの屋敷に連れこまれたあと、またも目隠しされて駕籠に乗せられた。駕籠からだされたら、目の前に巻真寺があった。そうと気づいたときには、駕籠は闇に消えていた。

恐怖で痛いような胸を押さえつつ山門をくぐり、庫裏の和尚になにがあったか話そうと思ったが、どうやら千乃とむつんでいる様子に思え、夏兵衛はそのまま家に戻って寝床にもぐりこんだのだ。

なかなか寝つけなかったが、夜更けにようやく眠りに落ちることができた。先ほど目覚めたばかりだ。

しかしあの男たちのことを思いだしてしまい、もっと眠っていたほうがよかったと思った。

だが、目覚めてしまったものは仕方ない。夏兵衛は寝床であぐらをかいた。

あいつら、いったい何者なのか。

夏兵衛は考えた。侍であるのは紛（まぎ）れもないが、わかるのはそこまでで、それ以外に夏兵衛がつかんだものはない。

道賢や舜瑞のことを調べていて、なにがやつらの癇（かん）に障ったのか。

おしろい屋の原田屋梅三郎からきいた薬売りの藤沢屋の彦平を調べようとして、馬喰町の宿を虱潰（しらみつぶ）しにした。

そして、その後、かどわかしに遭った。ということは、原田屋あたりからつけられていたのか。

それとも、道賢や舜瑞のことを調べている最中、すでにずっと目をつけられていて、そのことがやつらの我慢の限度を越えたということなのか。

それでも、昨日殺さなかったというのは、まだ俺の調べはやつらの危ういところまで達してはいないのだろう。はやめに芽を摘んでおくというところか。

今、何刻か。子供の声がしていないことから六つ（午前六時）はとうにすぎたものの、五つ（午前八時）にはまだなっていないのではないか。

参信和尚はどうしているだろう。いくらなんでも、この刻限なら千乃とむつんではいないだろう。

よし、伝えておくか。

夏兵衛は腰をあげ、家を出た。

庫裏に訪(おとな)いを入れると、座敷に通された。

先に畳に正座していた参信は眉をひそめ、明らかに迷惑そうな顔だ。千乃の髪が少し乱れているのに気づく。千乃は、あわてて身繕いしたらしいのが見て取れた。

なんだよ、本当にはじめようとしていたのかい。いったいこの二人はどこまで好色なのか。

夏兵衛はその思いを外にだすことなく、腰をおろした。

「なんの用だ」

参信にいきなりきかれて、夏兵衛は昨夜、襲われたことを告げた。

「なんだと」

さすがに参信が尻を浮かせかけた。正座し直して、夏兵衛の全身をくまなく見る。

「どこも怪我はしていないようだな」

「ええ、幸いでした」

「六名の侍といったな。どんな連中だった」

夏兵衛は首をひねった。

「いずれも頭巾をかぶっていましたから、さっぱりです」

「そうか。だが夏兵衛、昨夜どうしてわしに知らせなんだ」

「知らせようと思ったのですが……」

参信が額を手のひらで叩く。柏手を打ったかのように小気味いい音が響く。

参信が小声で告げる。

「そいつはすまなかったな。わしより、むしろ千乃のほうが好きなのだ」

よくいうよ、と夏兵衛は思った。むろん、その思いを言葉にすることはない。

参信が強い視線を浴びせてきた。

「それで夏兵衛、どうする。探索をやめたいのか」

「はい。命あっての物種ですから」

きっぱりと答える。

「そうか」

参信は唇（くちびる）を曲げかけたが、すぐに顎を引いた。

「命の危険があったというのでは、わしも無理強いはできんな。わかった、夏兵衛。手を引いてくれ。これまでありがとう。いろいろと助かった」

参信にいわれ、夏兵衛は自然に頭が下がった。

「いえ、半端なままで終わってしまい、すまなく思います」

「いや、謝ることなどない。——そうだ、夏兵衛、おまえのきいてきた孝徳院だがな、今はもう潰れてしまっているそうだ」

孝徳院といえば、舜瑞が修行していた越前の寺だ。前に、参信に調べてくれるように頼んでいた。

「孝徳院は真言密教の系統の寺らしい」

ということは、舜瑞にはやはり呪詛の下地はあったというわけだ。

「夏兵衛、昨夜かどわかされて連れこまれた場所というのがどこか、わかるか」

「いえ」

どういうことだったたか夏兵衛は説明した。

「そうか、目隠しをされていたか……」

もう一度こうべを垂れてから、夏兵衛は庫裏を出た。

春のような陽光が降り注いでいるのに気づいた。あたたかだ。小春日和といっていいのだろう。

気持ちのよい天気だが、夏兵衛はなんとなく気分がさっぱりしない。もやもやしたものがある。

やはり脅されて手を引くというのが、いやなのだ。やつらの思い通りになるというのが天の邪鬼の自分らしくない。

そうはいっても昨日は怖かったものなあ。

小便をちびりそうになったのを思いだす。あんな経験はかつてしたことはない。侍はなにをしでかすか本当にわからない。

現に昨夜の連中は、まさに剣呑といっていい雰囲気を色濃くたたえていた。あんなやつらが出てきてしまっては、手を引かざるを得ないのも仕方ないだろう。

今日は久しぶりに手習に出ようか。鯛之助たちもきっと喜んでくれる。

しかし教場に行ったが、子供たちは誰も来ていない。おかしいなと思う前に気づいていた。今日、手習は休みなのだ。だから、和尚たちは朝っぱらから、むつもうとしていたのだ。

なんだい、つまらねえな。

だったらどうするか。

由岐に会いに行こう。

夏兵衛は勇んで巻真寺を出た。とはいっても、あたりに視線を配るのを忘れない。

昨夜の侍らしい者はいないし、妙な目を感じることもない。

いや、そうではない。誰かの目を感じた。

どこだ。顔を動かすことなく、視線の主を探った。

近くの路地からか。一人か。いや、二人のような気がする。

何者なのか。昨夜の連中か。説明はつかないが、なんとなくちがうような気がする。

角を曲がりながら、なにげなく視線を流した。

あっ。あの老岡っ引だ。

張られていたのだ。もう一人、手下らしい若い男が控えているのがわかった。顔はよく見えない。

まずいぞ。どういうことだ。この前、ばったりでくわしたのがいけなかったのだろう。顔は見られていないはずだが、やはりあの岡っ引は凄腕（すごうで）なのだ。なにかを感じ取ったにちがいない。

二人とも撒（ま）くか。そのほうがいいだろう。

ただし、撒いたと覚（さと）られるわけにはいかない。まだ、あの岡っ引といえども、俺が例の盗人とつかめたわけではあるまい。つかんでいたら、すぐさまとらえようとしたはずだ。ここでただ者でないと思われるのは得策ではない。

どうするか。

考えはなにも浮かばないままに歩き続けた。それにしてもすごい岡っ引だ。においをかぎわける力は、犬並みなのではないか。

「夏の兄ちゃん」

弾むような足音がした。顔をあげると、そばに駆け寄ってきたのは鯛之助だった。いつもの仲間たちと一緒だ。しめた、と夏兵衛は思った。

「鯛之助、俺は今からちょっと走るから、追いかけてくれねえか。むろん、ただとはいわねえ。駄賃をやる」

「ただ、追いかけるだけでいいの？」

「鬼ごっこでもやってるみたいに頼む。でも、俺はおまえたちをすぐに振り切るからな」

「そうなの。つまんないね」

「この穴埋めはすぐにするよ」

「駄賃はいつもらえるの。今？」

「今は駄目だ。今度、手習で会ったときに」

「約束だよ」

「ああ、約束だ。じゃあ、鯛之助、頼むぞ」

「まかしといて」

鯛之助が胸を拳で叩く。

「でも夏の兄ちゃん、どうしてそんなことしなきゃいけないの」

「ちょっとあるんだ。そいつは、話せるときがきたら話す。そのときまで待っててくれ」

鯛之助の肩を叩くや、夏兵衛は地面を蹴って走りだした。歓声をあげて、子供たちが追ってくる。

夏兵衛は一気にはやさをあげ、子供たちを引き離した。老岡っ引と手下が追いかけてくるのが見えたが、夏兵衛の足のはやさにはかないそうにない。

小石川富坂新町にやってきた。老岡っ引たちは無事に撒いた。鯛之助たちには感謝だ。

由岐の住む佳兵衛長屋に向かう。

長屋の路地に人の姿はない。たくさんの洗濯物だけが穏やかな風に揺れている。

夏兵衛は由岐の店の前に立った。誘いを入れる。

「はい」

男の声で応えがあった。すぐに激しく咳きこんだ。ひどい咳で、夏兵衛は放っておけなかった。

「ごめんなさいよ」

障子戸をあけ、店に入った。せまい土間と四畳半のみがあるだけで、壁際に若い男が寝ていた。すでに咳はとまっており、ぎらつく光が宿る目で夏兵衛を見ていた。

男が起きあがった。

「いや、そのままで」

男が寝床で正座する。

「どなたですか」

咳を恐れたような静かな口調できく。

夏兵衛は名乗った。

「夏兵衛さん。して、どのようなご用件でしょうか」

「由岐さんはいらっしゃいますか」

「ゆきさん？　どちらさまですか。うちにはそのような者はおりませんが」

「あれ、そうですか」

ということは、由岐という名は本名ではないのだ。あり得ることだと考えていたので、それについて驚きはない。

「おかしいな。以前、手前がお世話になった女性にそっくりな方が、こちらに入ってゆくのを目にし、つい押しかけてしまったのですが」

男の目に思い当たったような色が浮かぶ。

「ゆきさん、というのは姉のことかもしれません」

姉か。

夏兵衛はじっと男を見た。由岐には弟がいたのだ。

「どうして姉さんのことだと思うのです」

弟が見返してきた。

「夏兵衛さんといわれましたね。姉に世話になったとおっしゃいましたが、どこで知り合ったのです」

鴨下でのことを、由岐がこの弟に教えているはずがない。なんと答えようか夏兵衛は迷った。

「ある茶店です。その店で手前が縁台に忘れた品物を、由岐さんが追いかけてきて渡してくれたんです」

「ふむ、さようですか」

明らかに信じていない顔だ。つまり、弟は姉がなにをしているか、薄々察しているのではないか。

だから、由岐は鴨下に行く回数が減ってきているのだろう。

「弟さんは、お名はなんといわれるんですかい」

夏兵衛はたずねた。

「申しおくれました。有之《ゆうの》介《すけ》と申します」

しっかりと名乗って、有之介が顔をあげ、夏兵衛を見る。

「夏兵衛さん、本当は姉とちがう店で出合ったのではありませんか」

「ちがう店というと？」

夏兵衛はあえてきいた。しっかりしているように見えるが、有之介はまだ十五、六といった年の頃だ。女郎宿などに足を踏み入れたことはなく、きっとなにも知らないだろう。

「それは、その……なんといいますか、男と女が、その、おわかりになりませんか」

「さあ、さっぱりです。いや、有之介さんのおっしゃる意味はわかりますけど、そういう店ではありませんよ」

「さようですか。夏兵衛さんは本当に茶店で姉と出合ったのですね」

「由岐さんという女性とです」

夏兵衛はいって、有之介に問うた。

「有之介さん、きかせてもらいたいんだけど、有之介さんの病は重いんですかい」

有之介は暗い顔になった。

「肺の病なんです。臥せってから、もう二年ほどになります」

「そんなに」

夏兵衛は心から気の毒に思った。健やかな体を持ち、自由に動きまわれる自分がすまないような気持ちになる。

「江戸のお生まれですかい」

「いいえ、ちがいます」

有之介はそれだけをいって、どこの出かは口にしなかった。なにかしらの理由があっていえないのだろう、と夏兵衛は思った。

有之介が咳きこみだした。体を大きく波打たせるような咳で、見ていられず夏兵衛は部屋に入りこみ、背中をさすった。

悲しくなるほどやせた背中だ。

「ありがとうございます」

年寄りのようにしわがれた声で、有之介が礼をいった。

「大丈夫ですかい」

「はい、もう」

長居はできないな。

夏兵衛は土間におり、雪駄を履いた。

「有之介さん、手前はこれで失礼しますよ」

「はい。夏兵衛さん、ちがう人をお捜しだったのかもしれないけれど、訪ねてきていただいて、とても楽しかった。ありがとう」

「いや、礼には及びませんよ」

有之介にほほえみかけてから、障子戸を静かに閉める。有之介の顔がゆっくりと消えていった。

由岐には、いったいどんなわけがあるのだろう。

長屋の路地を歩きつつ、夏兵衛は思った。長屋の木戸を抜ける。

ちょっと調べてみるか。

有之介にはあえてきかなかったが、これで由岐の本名も知れるだろう。

夏兵衛は、振り売りの商人に由岐の話をきき、町内の一膳飯屋、小間物屋などにも入りこんで由岐たちの事情をきいた。

その結果、由岐の本名は郁江であるのが知れた。そして由岐は、誰かを捜していることもわかった。

捜しているのは木下留左衛門という者であるのも知れた。

木下留左衛門という男が何者なのか、由岐たちとどんな関係なのか、それは近所の者は誰一人として知らなかった。

由岐たちがどこから来たのか、それくらいは知りたかった。

町名主の家には人別帳がある。それをのぞいてみたいという欲求に駆られた。

だが、夏兵衛は抑えこんだ。いつの日か由岐の口からじかにきいたほうがいい、と考えたのだ。

それにしても、と夏兵衛は思った。どんなわけがあるのかわからないが、自分より年下の女がこの江戸でがんばっていることに感銘を受けた。

それにくらべ、自分はどうなのか。

侍に脅されたくらいで、負け犬のようにすごすごと引き下がってしまった。

なんて情けない男だろう。こんな男に由岐が心をひらいてくれるはずがない。

よし、やってやるぞ。命くらい、くれてやるわい。

夏兵衛は覚悟を決めた。ひらき直ったといっていい。もう一度、道賢、舜瑞の一件を調べはじめることを決意した。

五

さて、どうすればいい。

路上にたたずんで、夏兵衛はしばらく考えた。日は頭上にあり、穏やかに江戸の町を照らしている。体がのびやかになるあたたかさが満ちあふれている。

あの侍どものいやなことをしてやれば、きっとまたあらわれるのだろう。

今度は警戒しているから、いきなりかどわかされるようなことにはなるまい。

昨夜は得意の柔も封じられてしまったが、次はそうはいかない。

日本橋まで足をのばし、馬喰町ではない町にある宿を当たりはじめた。再び薬屋の藤沢屋の定宿を調べだしたのだ。彦平という薬売りに話をきかなければならない。

だが定宿も彦平も見つからない。江戸の町には、はやくも夕闇の気配が霧のように立ちこめはじめた。

くそ、今日も駄目か。

もっとも、夏兵衛としては本腰を入れて定宿や彦平のことを調べたわけではない。派手に動きまわっていれば、やつらがあらわれるのではないかという期待からだ。もし襲われたら今度は逃げ切ってみせる。そして逆にやつらのあとをつけてやるのだ。

その思いで、夏兵衛は今日一日、動いていた。

とりあえず、今日の餌はまき終えた。あとは、当たりを待つだけだ。

夏兵衛は新たに懐(ふところ)に入れてきた小田原提灯に火をつけ、歩きだした。いつもの態度を心がける。やつらに誘っていることを覚られてはならない。

夏兵衛は背後や横合いの路地などに注意しつつ、巻真寺への道を歩いた。

だが、結局やつらはあらわれなかった。

どうすればいい。

その夜、夏兵衛は夜具の上に転がって考えた。

用心しつつ巻真寺に帰ってきて、念のため寺の裏手にまわり、そこの塀を越えたのだが、老岡っ引たちの気配は寺のそばには感じられなかった。どういうことかわからないが、あの岡っ引たちは引きあげたのだろう。

夏兵衛は暗い天井を見つめた。

俺はなにか忘れていないか。

しばらく頭のなかを、箸(はし)でほじくるようにして思いだそうとした。

だが、駄目だった。

一日中歩きまわった疲れもあり、夏兵衛はそのまま眠りこんでしまった。


はっとして目が覚めた。

そばに人の気配がないか夏兵衛は探った。すでに部屋のなかには、日が入りこんできている。

誰もいない。

ほっとして、夜具の上にあぐらをかいた。

寝ちまっちゃあまずいぞ。

自らを戒める。もしあの侍たちに忍びこまれていたら、確実に命を奪われていた。

あんな油断は二度としてはならない。命がいくつあっても足りない。

昨夜は、なにか忘れていることがあるのに気づき、思いだそうとしていて眠ってしまったのだ。

忘れているというのはなんなのか。

ああ、そうだ。

唐突に思いだした。

江戸には呪詛の力があることが知られている者が、ほかにも何人かいるという話だったのだ。

やつらはそこに行かないか。市ヶ谷の薬王寺門前町の万屋海風屋のあるじの玉助によれば、江戸ですごい呪詛の力を持つ術者は十人はくだらないとのことだ。

これまで二人の僧侶をやつらはかどわかした。いずれも男だ。

次は女で試そうと考えないだろうか。

となると、玉助を張りこむのがいいような気がする。

これは勘にすぎない。勘はろくに当たらないから、はずれかもしれないが、今度ばかりは当たるような気がしてならない。

朝日を浴び続けて、夏兵衛は薬王寺門前町にやってきた。

海風屋に行く。ほんの十間ほど離れたところにある茶店に夏兵衛は陣取った。

海風屋はすでにあいている様子で、ときおり客を迎え入れる玉助の姿が見えた。いかにも元気そうで、白い歯が陽射しにはね返るように思えた。

昼間は茶店にずっといた。看板娘に惚れたという顔で、居続けた。

夜になり、茶店が閉まると、夏兵衛は海風屋のすぐそばに立つ松の大木にのぼった。海風屋とは、ほんの二間ばかりの距離でしかない。

夏兵衛は上のほうまで一気にあがった。敏捷（びんしょう）なことに加え、もともと子供の頃から木のぼりは得意だ。

塀の向こうに海風屋の庭は見えたが、玉助は母屋に入ったまま出てこない。今頃は夕餉（ゆうげ）を食しているのだろうか。

そんなことを考えたら、腹が減ってきた。同時に、小便をもよおしてきた。

どうするか。

おりるのは面倒くさい。仕方なく、下帯から自分の物をつまみだし、小便を幹に沿って垂れ流した。ほかにしようがなかったが、夏兵衛は解き放たれるような快感を味わった。

果たして、やつらが玉助のもとに来るものなのか。来ない度合のほうが高いが、ほかに張る者を知らないのだから、夏兵衛としては道がない。

張って二日目の夜のことだ。

松の木の上で、うつらうつらしていた。木からずり落ちそうになるたび、目をこすって起きなければと自らにいいきかせている。

本来なら三日月が見える頃合だが、空は雲に覆われて、大気は今にも雨が降りだしそうな湿っぽさを含んでいる。

ときおり思いだしたように吹く風は初冬としては生あたたかく、幽霊が出るのはこんな晩なのではないかと夏兵衛に思わせるに十分すぎるほどだ。

幽霊というのはこれまで見たことがない。別段、見たくもない。

また風が吹いた。松の枝が、枯れ葉が重なり合うような乾いた音を立てる。風に入りこまれた裾（すそ）のなかは、妙にべたついている。

今、何刻なのかな。

夏兵衛は幹にしがみついて考えた。さっき九つ（午前〇時）の鐘が鳴ったような気がするが、夢うつつのなかできいたためにはっきりとしない。

町々の木戸が閉まる四つ（午後十時）はとうにすぎ、真夜中なのはまちがいはない。

おや。

樹上で、夏兵衛はあたりを見まわした。

どこからか、ひそめたような足音がきこえたように思ったからだ。

ぎくりとした。ほんの十間ほど先の路上にいくつかのうごめく影を見えている。

あの侍どもではないのか。

獲物を狙っている猫のように静かに近づいてくる影は三つ。いずれも二本差しではないようだ。だからといって、侍でないということにはならない。

三つの影は夏兵衛には気づかずに下を通りすぎ、海風屋に近寄ってゆく。塀に取りつくや、あっという間に跳び越えた。夏兵衛ですら瞠目せざるを得ないほど、身軽な連中だ。

まさか本当に来るとは思っていなかった。

いや、そんなことはない。勘が的中するのは肌でわかっていた。

どうする。

夏兵衛は自らに問いかけた。

玉助を見殺しにするのか。

いや、見殺しにするつもりなどない。それはいいきれる。

海風屋に賊が入ったことを騒げば、やつらは玉助をかどわかすことなく出てこざるを得ないだろう。

だが、夏兵衛はそれができなかった。

なんて卑劣な野郎だ。玉助さんをおとりにするなんて。

自分を責めたが、体は松の木から動こうとしない。

やがて、先ほどの影が格子戸のところにあらわれた。一人が玉助らしい影を肩に乗せている。玉助は、気を失っているようだ。

格子戸が音もなくあき、男たちの影が路上に出てきた。玉助を担いでいるのに、来たときよりもすばやい動きで道を遠ざかってゆく。

よし、つけるぞ。

夏兵衛はあわてることなく松の木を滑りおりた。

玉助さんよ、必ず助けるから、待っててくれよ。

心でつぶやいて、闇に溶けて見えにくくなりつつある影を追って走りはじめた。

玉助を入れて全部で四つの影は、四半刻ほどで一軒の別邸らしい建物に入っていった。

ここは、と長い黒塀に身を寄せて、夏兵衛は思った。俺が連れこまれた屋敷じゃねえのか。

いや、ちがう。門の形がちがうのだ。

俺が連れこまれた屋敷の門は瓦だったが、ここは板葺きだ。

誰の屋敷だろう。それがわかれば、話はたやすい。

夏兵衛は軽々と塀を越えた。盗人をしている身には、この程度の高さの塀など、襖(ふすま)の敷居を越えるに等しい。しかも警戒している様子も気配も感じなかった。

おり立ったのは庭だ。木々が鬱蒼(うっそう)と茂り、深い闇をさらに濃いものにしている。

玉助はどこに連れていかれたのか。

少し離れたところに、母屋らしい建物の影が闇に浮かぶように見えている。

あそこだろうな。

夏兵衛は慎重に庭を進んだ。

雨戸が閉まっており、さすがにそれをあけることはできない。雨戸に沿って横に動く。

五間ほど行くと、雨戸が消え、濡縁(ぬれえん)があらわれた。障子が閉まっており、夏兵衛は沓脱ぎから濡縁にあがった。なかの気配をうかがう。

誰もいないと判断した。胸が痛いほど緊張している。盗みの場数は踏んでいるが、相手が誰かわからない場所に忍びこむのははじめてだ。抜き身を持った者が待ち構えているような気がして、なかなか前に進めない。

だが、玉助を救いださなければならない。おとりにしただけで、もし無事に助けられないのなら、意味がない。この先、生きてゆく上で、常に思いだすことになるだろう。それは夏兵衛にとって、あまりに重荷といえた。

夏兵衛は障子をあけた。音はさせない。

そこは八畳の座敷だ。夜目が利くからはっきりとわかる。夏兵衛は身を滑りこませ、障子を閉じた。

暗闇がさらに厚みを増したように感じられたが、それでも見えないことはない。

夏兵衛は進みはじめた。全身に汗をかいている。まるで水でも浴びたかのようにどっぷりとだ。

したたって畳に落ちる汗の音で、気づかれそうだ。

この屋敷は空き屋敷なのか。人の気配が感じられない。

空き屋敷なのかもしれないが、人がどこかにいるのは紛れもない。そこへとなんとしてもたどりつかなければならない。

やがて、誰かがつぶやくような声を夏兵衛はきいたように思った。

どこからだ。

そんなに遠くない。

耳を澄ませる。

またきこえた。夏兵衛はそちらに向かった。

つぶやきにきこえたのは、なにかの経らしいのがわかった。

庭石や灯籠が配置された庭に建つ離れらしい建物からきこえてくる。

夏兵衛は目を凝らし、離れの周辺に人がいないか、確かめた。

誰もいない。それはまちがいなかった。

よし、行くぞ。

夏兵衛は額に浮かんだ汗を手の甲でふいてから、地面を這うように進みはじめた。まるで毛虫にでもなったような気分だ。

離れは二部屋はありそうな広さだ。雨戸ががっちりと閉められている。

外で経をきいている限りでは、どうやら護摩を焚いているようだ。呪詛が行われているのは紛れもない。

なかに玉助がいるのだろうか。きっといる。助けなければ。

この屋敷がわかっただけでも十分だ。道賢や舜瑞もこの屋敷に連れてこられたにちがいあるまい。

屋敷の主がわかれば、それで誰が道賢たちを連れ去ったかわかる。

よし、やるぞ。

夏兵衛は濡縁にあがろうとした。そのとき縁の下からいやな鳴き声をきいた。

まさか。

うわっ。

濡縁の下に目をやると、鼠がいた。首をかしげて夏兵衛を見ている。

思わず声が出てしまった。

経がとまる。

しまった。雨戸が音を立ててあけられた。

「何者っ」

怒号が闇に響いた。

しまった、やっちまった。

夏兵衛は逃げようとは思わなかった。そんなことをしたら、一生後悔することになる。

夏兵衛は雨戸があいたところに突っこんでいった。

人にぶつかり、頭がくらっとしたが、かまわず離れのなかに足を踏み入れた。ぶつかった相手は部屋の反対側の柱まで吹っ飛んでいき、うしろ頭を打ったらしく、そのまま気絶した。

うずたかく積まれた薪に火がつけられ、太い炎が天井近くまで達している。

部屋の隅に、倒れている僧侶がいることに気づいた。うめき声をあげている。だが、動きは死を間近に控えた蟬のように弱々しい。

これは、と夏兵衛は思った。呪詛の倍返しに遭ったということか。

僧侶がもう一人いる。壁に貼りつくようにしている。先ほどまで呪詛をしていた僧侶なのだろう。

この離れには、玉助のほかに二人の僧侶が連れこまれていたのだ。道賢と舜瑞か。

玉助はどこか。

夏兵衛は視線を走らせた。

いた。隣の部屋だ。縛(いまし)めをされて、横たわっている。

まだ呪詛には加わっていなかったのだ。僧侶が倍返しに倒れたら、次に呪詛をさせられる手はずになっていたのだろう。

背後から刃音をきいた。

まずい。

夏兵衛は横にはね跳んだ。刀は背筋をかすめていった。

近くにいるのは相当の遣い手だ。

それでも夏兵衛に逃げる気はない。遣い手は一人だ。だが、すでに離れは相当の数の者に囲まれている。

「おとなしくしろ」

遣い手が声を放つ。

「おとなしくつかまれば、命は考えてやる」

声には狡猾さが感じられる。

この前の侍ではない。どうやら浪人だ。この屋敷に雇われているのだろう。

「いやなこった。あんたみたいなやせ浪人につかまえられるわけがなかろう」

浪人がにやりと笑う。

「わしを怒らせる気でいるのか。甘いな」

いきなり刀を横に払った。出どころが見えにくく、夏兵衛は面食らった。刀が消えたようにしか思えなかった。

夏兵衛はうしろに跳びすさった。思う壺だったようで、浪人が深く踏みこんで、天井に当たらないような浅い袈裟斬りを見舞ってきた。

またも刀が見えない。だが恐怖を抑えこんで、夏兵衛は逆に浪人に向かって突進した。

今にも体を両断されるのではないかという思いがあったが、痛みはやってこず、生きている自分を夏兵衛は知った。

浪人の懐に入りこみ、襟元をつかんで投げを打った。浪人はこの攻撃を予期していなかったようで、あっさりと体を浮かせた。夏兵衛は思いきり叩きつけた。

腹を思い切り蹴る。浪人は痛みに体をよじった。夏兵衛は畳に転がっている刀を拾いあげ、離れに飛びこんでこようとした影に向かって投げつけた。

当たりはしなかったが、影はうしろに飛び退いた。その隙に夏兵衛は隣の間に入った。すばやく玉助を肩に乗せる。

意外に重い。よろけはしなかったが、これで果たして逃げ切れるか、心許ない。だが行くしかなかった。

夏兵衛は目の前の雨戸を蹴破り、外に飛びだした。

人影が満ち満ちている。十名近くいるのではあるまいか。刀を構えている浪人らしい者も数名いる。

まいったぞ、これは。

とてもではないが、突破などできそうにない。

夏兵衛は立ちすくんだ。

どうする。考えろ。

浪人が斬りかかってきた。それは避けた。別の浪人が突っこんできた。刀を袈裟に振りおろす。

それも夏兵衛はかわした。だが、自分一人ならともかく、玉助を肩に乗せている状態でどこまでよけ続けられるものなのか。

夏兵衛は離れに戻った。いまだに薪は燃え盛っている。部屋の隅に倒れている僧侶を見た。まだ息はある。壁に貼りついているもう一人の僧侶に、運びだすようにいった。

僧侶は動かなかったが、夏兵衛が声を厳しくすると、よろよろと動きだした。倒れている僧侶を担ぎあげ、外に出てゆく。

それを見送った夏兵衛は火のついた薪を一本手に取り、離れの襖(ふすま)に向かって投げつけた。

襖に火はつかなかったが、二本目を投げたとき、炎が新たな命を吹きこまれでもしたかのように、いきなり立ちあがり、襖を包みこむように燃えはじめた。

先ほど投げ飛ばした浪人はすでに立ちあがっており、脇差を抜いて夏兵衛に近づこうとしていたが、炎が大きくなったのを目にすると、離れから飛びだしていった。

浪人や、匕首(あいくち)を手にしたやくざ者のような男たちが炎をものともせずに離れへ次々に飛びこんでくる。

夏兵衛は、炎を盾にするように動きまわった。動くだけでは避けきれないときは、足払いで応じた。足がかかると、男たちはおもしろいように転倒した。

やがて炎は大きくなり、離れ全体を包むまでになった。

浪人ややくざ者らしい男たちは飛びこんでこなくなった。

熱い。汗が滝のように出てくる。

このままでは本当に死ぬな。

夏兵衛は思ったが、このまま外に出るわけにはいかない。

まだか。

夏兵衛はひたすら待った。肩に乗せた玉助を気にする。気絶していても熱さを感じるのか、ややせわしない息をしている。

柱を伝って天井板を焼き尽くした炎は、天井裏の梁に腕をのばしている。

熱い。熱くてならない。

ここで死んじまうのか。

はっとする。夏兵衛は今、一瞬、意識が飛んだのがわかった。煙が渦巻いている。

あと数瞬で脱出しない限り、玉助もろとも焼け死ぬのはまちがいない。

夏兵衛は耳を澄ませた。梁がきしみ、天井が落ちそうになっているなか、今、確かにきいたように思った。

きこえる。きこえるぞ。

待ちに待った半鐘の音だ。

もう待てない。

夏兵衛は玉助を背負い、浪人者ややくざ者が待ち構える庭とは反対側へ姿勢を低くして向かった。だが煙のために、方向があっという間に定かでなくなった。

勘だけで進む。濃い霧のなかを行くようなもので、夜目が利くのはまったく関係ない。

夏兵衛の勘は正しかったようで、なんとか雨戸にたどりつくことができた。

こちら側の雨戸も燃えている。そのためにむしろたやすく蹴り破ることができた。

眼前には、平らな地面が広がっているだけだ。木々が生い茂る向こう側に、うっすらと塀が見えている。

夏兵衛はあたりを見まわし、人影がないのを見て取った。

半鐘の音はさらに激しさを増している。いくつもの音が重なっており、駆けつけてきた近所の者らしい男女の声も怒号のように大きなものになっていた。

玉助を肩に乗せて、夏兵衛は地面をすばやく横切り、木々のなかに体を忍びこませた。うしろについてくる者はいない。

やつらは俺が玉助とともに焼け死んだと思っただろうか。

どうでもいいことだった。

夏兵衛はまず玉助を塀の上にのせ、それから塀を乗り越えた。玉助を再び肩に乗せ、走りだそうとした。

背中に視線を感じた。振り向くと、先ほど畳に叩きつけた浪人がいた。すでに近所の者たちが駆けつけていることもあって脇差は鞘(さや)におさめているが、離れを覆う炎に劣らない憎しみの炎が瞳に燃え盛っている。

いったい何者だい。

夏兵衛は思ったが、今はそんなことは関係ない。玉助とともにさっさとその場をあとにした。

六

帰ってきやがらねえな。

伊造は唇をねじ曲げた。娘のおりんには、人相が悪くなるだけだからやめておきなさいよ、といわれるが、長年染みついた癖だからどうにもならない。

夏兵衛という男は、子供と鬼ごっこをするように走り去って以来、巻真寺に帰ってきていない。いや、もしかすると、同心の滝口米一郎にわしが所用で呼ばれたとき、帰ってきたのかもしれない。その間、寺を見張っていたのはせがれだ。せがれは否定していたが、もし居眠りをしていたら、夏兵衛が寺を出入りするのに、せがれの目を盗むまでもないことだ。

どこに行っちまったのか。

まさか風を食らってどこかへ逃げたわけではあるまい。夏兵衛という男は、子供と鬼ごっこをしたように姿を消したが、あれは子供をだしにつかって行方をくらませたにすぎないと伊造は思っている。

きっとまたこの寺に戻ってくる。

そう思って伊造はこの寒いなか、真っ暗な路地に身をひそませているのだ。

せがれの豪之助は、町屋の壁にもたれていびきをかいている。

相変わらずのんびりした野郎だ。やっぱり寝ていたんじゃねえのか。

だが、暗さのなかでも寝顔はことのほかかわいい。女房が深い愛情を注いでいたのがよくわかる。

心が和む。

このわしがせがれに和ませてもらうときがくるなんざ、思いもしなかったぜ。

伊造はゆるんだ頰を引き締めた。今、なにかの気配を感じた。

風が巻いたにすぎないのか。

いや、やつが舞い戻ってきたのではないのか。

伊造は肘(ひじ)でつついて豪之助を起こした。

「なんだい」

「静かにしろ。やつが戻ってきたかもしれん」

「本当かい」

「静かにしろっていってんだ」

「ああ、すまねえ」

数瞬後、巻真寺の山門に近づいてきた男の影があった。慎重にあたりをうかがっている。誰かを肩に乗せているようだ。まるで、どこからかかどわかしてきたかのように見える。

「行くぞ」

十手を手に伊造は豪之助にいい、路地を出た。男の前に立ちはだかる。

いきなり前途をさえぎられて、男がぎくりとした。

待ち構えられていたのか。

目の前に立っているのは二人にすぎないが、離れに火をつけて振り切った連中だろう。

逃げきれない。

玉助を肩に乗せた夏兵衛は腰が抜けるほど落胆した。玉助を落としそうになり、かろうじてこらえる。

くそう、ここまで来たのに。

「おい、あんた」

呼びかけられた。おや、この声にはきき覚えがあると思った。火をつけた連中とはちがうのではないか。安堵の風が胸のうちをかすかに吹きすぎてゆく。あらためて闇を透かして見る。

あっ、と声が出そうになった。あの老岡っ引だ。横にいるのは手下だろうが、顔を見て驚いた。

「豪之助さんじゃないか」

豪之助が、よお、夏さん、と親しげに手をあげた。

「たわけが、そんな真似をするんじゃねえ」

老岡っ引が叱る。

ということは、と夏兵衛は解した。豪之助がよくこぼしていた厳しい親父というのは、この老岡っ引のことだったのだ。

似ても似つかぬ親子ってやつだな。

「おい、おめえ、なにを笑ってるんだ」

この老岡っ引も夜目が利くようだ。

「いや、笑ってなんかいやしない」

老岡っ引はじっと夏兵衛を見ていたが、まあいい、といった。

「こんな夜更けにどこに行っていた。それに肩に担いでいるのは誰でぇ。女のようだが、まさかかどわかしてきたわけではあるめぇな」

ちょうどいいや。

夏兵衛はここまで玉助を連れてきたわけを語った。夏兵衛としては、玉助を薬王寺門前町の海風屋に連れ帰るわけにはいかず、ここまで運んできたのだ。

「ほう、僧侶の行方知れずはきいていたが、そんなことがあったとはな」

「一緒にその屋敷に行ってくれるか」

夏兵衛は老岡っ引にきいた。

「いわれるまでもねぇ」

その前に夏兵衛は玉助を担いで巻真寺に入った。この刻限ではさすがに参信は寝ていたが、起こしてわけを話すと、玉助を預かることを請け合ってくれた。

「心おきなく行ってこい」

参信の言葉に後押しされた夏兵衛は、老岡っ引と豪之助と一緒に、火を放ったばかりの屋敷に戻った。

離れはすでに鎮火はしていたものの、屋敷はもぬけの殻だった。

五日後の朝はやく、老岡っ引が巻真寺にやってきた。顚末を知りたくて、夏兵衛は待ちかねていた。

せがれの豪之助が一緒だった。夏兵衛は家に招き入れた。

そこではじめて、老岡っ引が伊造という名であるのを知った。ふさわしい名であるように感じた。

「なかなかいいところに住んでるねえ、夏さん」

茶をすすって豪之助がほめる。

「いや、ぼろ家さ」

「そんなことはねえよ。いい家だ。俺も住みてえよ」

「家を出ていくなら、わしはとめねえぞ」

「やだなあ、とっつあん。またそんな心にもねえことといって」

「そんなこたあ全然ねえぞ」

夏兵衛は言葉を荒げた伊造にたずねた。

「それで、あのあとはどうなったんですかい」

伊造が夏兵衛に厳しい視線を当てた。

「あの屋敷の庭には、斬殺された二人の僧侶の死骸が残されていた。墓らしい土の盛りあがりが二つあり、そこからも死骸が二つ出た」

　土から出てきたのは、紛れもなく道賢と舜瑞だろう。斬殺された二人というのは、あの晩、呪詛を行っていた僧侶だろう。せっかく離れから外に出ていったのに、あのあと斬り殺されたのだ。

　夏兵衛は無念だった。

「あの屋敷の持ち主は誰だったのです」

　伊造が答える。それをきいて、夏兵衛はびっくりした。

「本当ですかい。本当に岩戸屋さんの持ち物なんですかい」

「まちがえるわけがねえだろう」

　そういえば、と夏兵衛は思った。岩戸屋の近くの蕎麦屋のばあさんが、天女おしろいの儲けで岩戸屋がいい庭がある別邸を買ったというような話をしていたことを思いだした。

「岩戸屋さんはどうなったんです」

「つかまったよ」

「ええっ」

「どうしてそんなに驚くんだい」

これは豪之助にきかれた。夏兵衛は表情を引き締めた。

「岩戸屋さんはなんといっているんです」

「なにもいっちゃあいねえようだ。岩戸屋がとらえられたのは、雪精おしろいをつくって売っている原田屋を呪詛していた疑いだ。そのために道賢さんや舜瑞さん、それに玉助さんなどを人をつかってかどわかしたんだ。だが、そのことは一切認めてねえ」

そうだろうな、と夏兵衛は思った。

「だが、呪詛をしていたのは岩戸屋だけじゃねえようなんだ」

「どういうことですかい」

「原田屋にうらみを持っていたのは、岩戸屋だけではねえということさ。岩戸屋は近田屋(ちかだや)という同業者と語らって、呪詛をしたようなんだな」

「それはおかしい」

夏兵衛は、道賢の失踪後に道賢が住職をつとめる本累寺に岩戸屋井右衛門がやってきたことを教えた。

「そいつは岩戸屋もいっているようだ。道賢さんの失踪を知らなかった者が、どうして道賢さんに呪詛を頼めるのかってな。だが、それは道賢さんや舜瑞さんのかどわかしや呪詛したことが露見した際のいいわけにすぎねえらしい」

だが、と夏兵衛は思う。岩戸屋が道賢に呪詛医術を頼めなかったときの落胆ぶりは真実に思えた。あれが芝居だったとはとても思えない。

「浪人はどうですか」

「ああ、おまえさんが斬りつけられたという浪人か。一人、あの屋敷で腹かっさばいて死んでいる浪人が見つかった。おそらくその浪人がそうじゃないのかといわれている」

あの浪人が腹を切るたまだろうか。そんなことはあり得ない。おそらく別の浪人が殺され、自害に仕立てあげられたにすぎないのだろう。

「とにかく、岩戸屋や近田屋は獄門が決まりそうだ。家産はすべて没収。残された家族は気の毒なこったな」

「伊造さん」

夏兵衛は呼びかけた。

「本当にこれですべてが終わったと思っているんですかい」

伊造が苦い顔をする。

「上のお方がそれで一件落着というんだったら、わしたちは決して逆らっちゃあ、ならねえんだ」

「それで心が落ち着きますかい」

しばらく黙っていた。

「落ち着くもんかい」

ぼそりといった。伊造は本音を告げたようだ。

「だから、これから真実を突きとめてやろうと思っている」

「そうですかい」

夏兵衛はほっとした。この骨の髄から岡っ引の男が本気でやるのなら、きっとすべてを暴き立てることができるのではないか。

「俺も手伝いますよ」

夏兵衛は心からいった。

「いらねえ」

帰ってきたのは、にべもない言葉だった。

「どうしてだい、とっつあん」

豪之助が驚いてきく。

「夏兵衛さんよ」

伊造が、せがれに一瞥もくれることなくいった。

「おめえ、盗人だろう。盗人なんかと一緒に仕事ができるものかい」

「伊造さん、なにをいっているんだい。いくら岡っ引だからって、いっていいことと悪いことがあるぜ」

伊造がふっと笑った。

「やっぱりしらを切りやがったか」

伊造が懐に手を入れ、なにかをつまみだした。それが鼠だったから、夏兵衛はひっくり返るほどびっくりした。

だがそれは気持ちだけで、顔は平静をかろうじて保った。いや、驚きのあまり、凍りついてしまったにすぎない。

「おや、平気のようだな」

「いきなり鼠をだすから、ちょっとはびっくりしたけど、なんてことはねえぜ」

伊造が不思議そうに手のひらの鼠を見、そっと放した。鼠は濡縁に出て、境内に消えていった。

さすがに夏兵衛はほっとした。

「すまねえな。どうやらわしの勘ちがいのようだ。おまえさんが盗人と疑っちまって悪かったな」

伊造が頭を下げる。

あっさりしすぎている。

夏兵衛は疑いを持った。これは俺を油断させるための手にすぎないのではないか。

「いえ、いいんですよ。どうか、顔をあげてください」

伊造がしばらくしてようやく面をあげた。

「おまえさん、どうやら探索の腕は抜群のようだ。さっきの言葉は信じていいのか」

「むろんです。手伝いますよ」

「ありがてえ」

伊造は素直に喜んでいる。だが、夏兵衛に探索の助っ人を頼んできたのは、伊造のためというより、跡継の豪之助のためのように思えた。

「夏さん、これから一緒にがんばろうぜ。俺たちは下っ引ってわけだ」

豪之助は顔をほころばせている。

「ああ。一緒にすべての闇を暴いてやろうぜ」

夏兵衛は心の底から口にした。

伊造たちが巻真寺をあとにした直後、夏兵衛は外に出た。

道を歩きはじめる。今日は風が強く、まるで富士の山からじかに吹きおりてきているかのように冷たい。まさに身を切るようだ。だが、このくらいのほうが冬らしくてちょうどいい。

考えてみれば、と夏兵衛は思った。俺を駕籠で連れ去った侍の正体だってわかっちゃいねえ。門に立派な瓦がのっていた屋敷がどこなのかもわかっちゃいねえ。

やはりなにもかもがおかしい。すべてを岩戸屋と近田屋に押しつけようとしている。

しかも、それができる者が相手のようだ。とてつもなく巨大な相手なのではないか。

江戸っ子がこんなことでひるんでいられるかい。やってやるぜ。

夏兵衛は遠くに見える富士山に誓った。

途中、みたらし団子を買い、包んでもらった。そのまま歩き進み、やってきたのは小石川富坂新町だ。

由岐のいる佳兵衛長屋に足を向ける。

不意に前途をさえぎられた。

見ると、夏兵衛が投げ飛ばしたあの浪人が立っていた。消える刀という秘剣を持つ浪人。一人らしく、仲間の気配はない。

「一緒にこんか」

浪人が顎をしゃくる。

「ここでは邪魔が入りそうだ」

近くに町人たちが繁く行きかっている。

浪人が背を向け、歩きだす。夏兵衛が必ずついてくるのを疑っていない態度だ。

連れていかれたのは、とある寺の裏手の原っぱだ。風が吹き渡り、草をひれ伏させている。

「どうしてもきさまを斬りたくてならなんだ。あれだけきれいに投げられたのは、はじめてだった。きさまをあの世に送りこみ、恥を雪がねば、俺もこの先、生きてゆけぬ」

浪人が刀を抜く。

「きさまは丸腰だが、俺にためらいはない」

夏兵衛は全身から汗がにじみだしているのを感じている。逃げだしたい。だがそうしたら、この先、生きてゆけないような気がする。つらいことがあると、なんにでも背を向ける男になりそうだ。

やってやる。

夏兵衛は心にその想いを刻みつけた。

「いい覚悟だ」

浪人がにやりと笑う。抜刀した。正眼に構える。

さすがに隙(すき)がない。夏兵衛は気圧(けお)されるものを覚えたが、負けるものかと、心を奮い立たせた。

浪人が丈の長い草をものともせず、滑るような足さばきで進んできた。間合に夏兵衛を入れるや、刀を振りおろす。夏兵衛は横によけ、内懐(うちぶところ)に飛びこもうとした。だが、浪人は返す刀を胴に払ってきた。夏兵衛はその鋭さに目をみはりつつ、跳びすさってよけた。

浪人は踏みこみ、刀を上段から落としてきた。夏兵衛はまた懐めがけて突っこもうとした。浪人の刀がまたも横に振るわれた。夏兵衛はのばした右腕をかすられた。

浪人が唇をゆがめて笑った。

「きさまに指一本、触れさせるつもりはない。二度、同じ手が通用すると思うな」

浪人が刀を振りおろしてきた。夏兵衛はかいくぐるようにかわした。刀が迫ってきた。夏兵衛は原っぱに腹這(はらば)いになった。すぐに横に転がった。今いた場所に刀の切っ先が突き立つ。

夏兵衛は草の上を転がり続けた。ようやく立ちあがったが、眼前に刀が迫っていた。袈裟に振りおろされていた。またも夏兵衛は体を前に投げだし、草むらに横になった。また次々に転がってゆく。

「しぶといやつめ」

やや息を荒くして浪人がいう。じれている。

「だがとどめだ」

浪人が渾身の力をこめて斬撃を見舞ってきた。夏兵衛は動きをとめることなく間合の外に逃れ出ようとした。

「逃がすか」

浪人は叫び、さらに踏み込んできた。途端に膝(ひざ)が力なく折れた。草に足を取られたのだ。

「なんだ」

浪人が戸惑う。こんなことがあっていいのかといわんばかりの顔だ。体勢を立て直そうとしたが、その前に夏兵衛は突進をはじめていた。浪人の襟元(えりもと)をつかむや、思い切り投げた。

地響きを立てるように浪人が横倒しになる。もがいたが、腰を打ちつけ、立ちあがることができない。

夏兵衛は拳を腹に打ちこんだ。浪人はうめき声をあげて気絶した。

よし、やったぞ。

夏兵衛は心で雄叫びをあげた。素手で刀に勝つことができたのだ。

むろん、浪人が草に足を取られたのは偶然ではない。参信和尚から教えられた柔の術「陰結び」をつかったのだ。

陰結びというのは、刀を持つ者を相手に、それも草原での対峙を思い描いた技である。最近、この技を教えてもらったばかりだ。転がりながらすばやく草を結び、足を引っかけさせようというものだ。草でつくる罠はできるだけ多いほどがよく、夏兵衛は参信に徹底して叩きこまれたのだ。

どうしてこんな技をやらなきゃいけねえんだい、と夏兵衛は思わないでもなかったが、結果として役に立った。

しかし、と気づいた。和尚は、侍を相手にすることをすでにわかっていて、この技を教えこんだのではあるまいか。まさかこんな形で夏兵衛が侍と対決することになることまでわかっていたとは思えないが、夏兵衛の持つ探索の資質を見抜いた時点で、危機を乗り越えられる技を一つでも身につけさせようとしたにちがいない。

和尚には感謝してもしきれない。それに、この浪人が消える剣をつかわなかったのも幸いした。つかうまでもないと思っていたのか。

さて、こいつをどうするか。

夏兵衛は浪人を見おろした。とにかくふんじばることだな。

縄を探さなければならない。夏兵衛はそのあたりに落ちていないものかと視線をめぐらせた。

それがまずかった。一瞬の隙をついて浪人が立ちあがったのだ。

「きさま。次は必ず倒す。覚えておれ」

いいざま、体をひるがえした。刀は握ったままだ。

しくじった。夏兵衛は自らの頭を殴りつけたかった。やつを奉行所に連れてゆき、吐かせれば手がかりをつかめたのに。

仕方あるまい。次を待てばいい。そのときは必ずひっとらえる。

同じへまは二度としねえ。

夏兵衛は歩きだした。懐のみたらし団子の包みが無事なのがなによりだった。

長屋の木戸をくぐり、由岐の店の前に立った。胸が高鳴っている。

訪いを入れる。由岐の声で応えがあり、夏兵衛の胸はさらに高鳴った。

障子戸があく。由岐が目をみはる。やはり美しい。

「どなたですか」

「手前は夏兵衛といいます。有之介さんの見舞いに来ました」

土産のみたらし団子を差しだす。さすがに少し潰れているのが、恥ずかしい。

どうして有之介のことを知っているのか、という表情を由岐がする。自分が知らないときに押しかけただろうと考えたのが、夏兵衛にはわかった。

「有之介さんの具合はいかがです」

かまわずいった。

「今日はあまり……」

「そんなことはありませんよ、姉上」

横たわったまま有之介がいった。意外に張りのあるいい声だ。

「姉上はいつものように、お出かけになればよかったのです」

「でも、熱があるのに出るわけにはいかないわ」

夏兵衛は姉弟のやりとりを見守った。

「夏兵衛さん、お入りになりませんか」

有之介が誘ってくれた。

「いいのかい」

「もちろんですよ。だってそれがしの見舞いに来てくれたんでしょ」

それがしか、と夏兵衛は思った。やはり由岐たちは武家のようだ。

「いいかな」

一応、由岐に確かめる。由岐は困り顔をしたが、すぐに決意したようだ。

「どうぞ」

夏兵衛のために横にどいた。

夏兵衛は、失礼するよ、といって敷居を越えた。土間で雪駄を脱ぎ、有之介の枕元に静かに座る。すぐそばで、火鉢が熱を放っているが、冷え切った部屋をあたためるまでには至っていない。

ただし、有之介の顔色は思ったほど悪くはない。これなら、本復はそんなに遠くないのではないかと思える。

「みたらし団子ですね。それがしの好物です。夏兵衛さん、ありがとう」

「いや、このくらいで喜んでもらうと、恐縮しちまう」

「夏兵衛さん、起こしてもらえますか」

「私がやります」

「姉上、それがしは夏兵衛さんに起こしてほしいんです」

「俺はかまわないよ」

夏兵衛は由岐を見た。由岐が仕方なげにうなずく。

夏兵衛はうしろにまわり、有之介を背中から抱き起こした。相変わらず切なくなるほど軽い体だ。

「姉上、いただいてもいいかな」

有之介にいわれ、由岐が夏兵衛を見つめる。

「食べてほしいな」

「有之介、いただかせてもらいなさい」

「やった」

有之介が小躍りする。夏兵衛は包みをひらき、一本を持たせた。

「夏兵衛さんも食べてよ」

有之介にいわれ、手に取った。有之介が食べるのを見て、夏兵衛も団子を口に入れた。

甘くてうまい。気持ちをほっとさせるものがある。

「姉上も食べたら。とてもおいしいよ」

有之介は顔をほころばせている。

「では、いただきます」

由岐が静かに食しはじめる。

「ああ、おいしい」

息をつくようにいった。

「こんなにおいしいお団子をいただいたのは、久しぶりです。夏兵衛さん、ありがとう」

「いや、礼をいわれるほどのことはないさ」

団子が、わずかながらも由岐の心を溶かしてくれたのだ。夏兵衛はいい機会だと考え、背筋をのばした。

「由岐さんではなくて、えーと、郁江さんたちはいったい誰を捜しているんだい」

その問いをきいた瞬間、由岐の顔が凍りついたように見えた。食べ終えた団子の串を包みの上に置く。

しばらく気持ちを落ち着かせている様子だった。有之介も、どうするんだろうという真剣な表情で姉を見ている。

由岐は決意したようだ。喉を上下させ、一気にいった。

「姉夫婦の仇です」

──「下っ引夏兵衛」次巻につづく

解説

細谷正充

江戸時代の初鰹(はつがつお)から、現代のボジョレーヌーボーまで、とかく日本人は初物をありがたがるものである。こうした初物信仰は、食べ物や飲み物だけの話ではない。小説好きの人ならば「著者初めての」とか「作者初登場」という惹句(じゃっく)にひかれて、つい本を手に取ったという経験が、必ずやあることだろう。そんな読者に、自信をもってお薦(すす)めしたいのが本書である。現在、乗りに乗っている時代小説家・鈴木英治が、新シリーズを引っ提げて、ついに講談社文庫に初登場したのだ。正真正銘、講談社文庫の〝初物〟なのである。

すでにご存じの人も多いだろうが、まずは作者の経歴を紹介しておこう。鈴木英治は、一九六〇年、静岡県沼津市に生まれる。明治大学経営学部卒。一九九九年、桶狭間の戦い前後の今川家を舞台にした、雄大な構想の時代ミステリー『駿府に吹く風』（刊行に際して『義元謀殺』と改題）を、第一回角川春樹小説賞に応募。「戦闘シーンは迫力に満ち、構成も巧妙である。確率に賭けた壮大な陥穽を読者に仕掛ける」（森村誠一）「義元時代の今川家の家中という歴史設定を馴染ませ、さらに人物に感情移入させる手腕はたいしたものだ」（福田和也）と、選考委員から高い評価を受け、特別賞を受賞した。

　このデビュー作に続く『血の城』も、徳川家康の高天神城攻めを題材にした戦国時代ミステリーだったが、第三作『飢狼の剣』で、江戸時代を舞台にした剣豪ミステリーに挑戦。以後『闇の剣』『怨鬼の剣』等、書院番（後に徒目付）の久岡勘兵衛を主人公にした剣豪ミステリー・シリーズを発表している。また、用心棒稼業の里村半九郎を主役にした『半九郎残影剣』『半九郎疾風剣』では、作品に飄々としたユーモアを加え、作風を広げたのである。

　と、適度なペースで作品を刊行していた作者だが、まだこの頃は、知る人ぞ知るといった存在であった。大きな転機が訪れるのは、「手習重兵衛」シリーズを出版してからである。二〇〇三年十一月に、中公文庫で刊行された『手習重兵衛　闇討ち斬』

から始まったシリーズは、全六冊で完結したが、最初の三冊は二ヵ月に一冊の連続刊行というチャレンジブルなものであった。おそらく作者には、大きなプレッシャーがかかったことだろう。しかし作者は、その重圧をバネにして、一作ごとに作品の質をレベル・アップ。子供好きな主人公のキャラクターも支持され、多くの読者を獲得したのである。

さらに二〇〇四年十二月から翌二月にかけて、徳間文庫から「父子十手捕物日記」シリーズを、三ヵ月連続で刊行。人気を決定的にした。その後の活躍はいうまでもあるまい。前記のシリーズや、中公文庫の「無言殺剣」、双葉文庫の「口入屋用心棒」といった、複数のシリーズを抱え、ほぼ月一冊のペースで新刊を出版。文庫書下ろし時代小説界にとって、なくてはならない作家となったのである。

そんな鈴木英治の、新たな書下ろしシリーズ第一弾が、本書『闇の目』だ。サブタイトルに「下っ引夏兵衛」とあるが〝下っ引〟とは、岡っ引の下で働く手先のことである。岡っ引を主人公にした作品は幾らでもあるが、下っ引を主役に据えたものは珍しい。この設定だけを見ても、新しいシリーズを創ろうとしている、作者の意気込みを感得することができるだろう。

もっとも本書に登場したときの夏兵衛は、下っ引ではない。それどころか岡っ引の敵である泥棒なのだ。牛込改代町にある巻真寺の境内にある家を借りている夏兵衛は、庭師の真似事をしながら、商家や武家に忍び込んでは、盗みを繰り返している。商家に関しては悪徳商人ばかり狙うので、庶民の人気は高いが、義賊というわけではない。単に遊ぶ金欲しさである。金が手に入れば、小石川にある赤提灯「鴨下」で春をひさぐ由岐というお気に入りの女を買いにいっているのだ。

昼間は巻真寺に手習いに来ている子供たちと遊んだり、住職の参信和尚から柔の手ほどきを受けたりと、気ままに暮らしている夏兵衛。そんな彼が、参信和尚から、人捜しの依頼を受ける。行方不明になった本累寺の道賢和尚を捜してほしいというのだ。これを引き受けた夏兵衛は、聞き込みを続けるうちに、自分が探索にのめり込んでいることに気づく。

参信和尚となにやら関係があるらしい、寺社奉行配下の戸ヶ崎陣兵衛から、吟水寺の舜瑞和尚も行方不明になっていることを知らされた。相次ぐ和尚の失踪には、いかなる秘密が隠されているのか。手掛かりを手繰り寄せ、夏兵衛は、真相に肉薄していく。

一方、北町奉行所定廻り同心・滝口米一郎に仕える老練な岡っ引・伊造は、やっきになって夏兵衛を追っていた。伊造の娘のおりんは、本郷菊坂田町で一膳飯屋「清水屋」を切り盛りするしっかり者だが、息子の豪之助は、とんだ軟弱者。その豪之助の尻を叩きながら伊造は、これはと思った商家に張り込む。豪之助のミスもあり、やってきた夏兵衛を逃がしてしまうが、そのときの争いで、柔を使うと目星をつけた。執拗な探索により、とうとう、ふたりは邂逅する。しかしそこから夏兵衛の人生は、思わぬ方向へ開けていくのだった。

物語を読む楽しみのひとつに〝驚き〟がある。作者の手練手管によって、さまざまな驚きを味わうのは楽しいものだ。本書の場合、その驚きが、冒頭から待ち構えている。なにしろ主人公の夏兵衛は泥棒なのだ。それも義賊なんて立派なものでなく、遊ぶ金欲しさに盗みを働く、単なる泥棒である。まさにビックリ仰天だが、同時に少し不安になった。何をどういっても、夏兵衛は犯罪者だ。このようなキャラクターが、読者の共感を得られるだろうかと、心配してしまったのである。

だがそれは、杞憂であった。ストーリーが進むにつれ、夏兵衛の泥棒以外の顔が見えてくる。子供好き。素直な性格。他人に対する思いやり……。夏兵衛の新しい風貌に接するたびに、どんどん彼が魅力的に見えてきたのだ。

これは、あれだ。ジャイアン効果だ。説明不要の人気マンガ『ドラえもん』に登場するジャイアンは、いつもはのび太をいじめているが、たまに男らしさを見せること

講談社文庫 最新刊

赤川次郎
三姉妹、ふしぎな旅日記
〈三姉妹探偵団20〉
ナチスドイツへと時空を遡ってしまった三姉妹が、自由を求めて大活躍！　大人気シリーズ！

真保裕一
灰色の北壁
天才クライマーに降りかかった悲運の死。新田次郎文学賞を受賞した山岳ミステリー集。

奈須きのこ
空の境界(下)
再来する殺人鬼、繰り返される猟奇事件――。そして真実を告げる記憶の境界が開かれる！

はやみねかおる
魔女の隠れ里
〈名探偵夢水清志郎事件ノート〉
美しい桜の山荘で、清志郎たちを待ち受けていたのは、魔女が仕掛けた恐怖の推理ゲーム。

睦月影郎
義姉
〈武芸者　冴木澄香〉
兄嫁と旅して狙う仇は美人女武芸者だった。講談社文庫初登場！〈書下ろし時代官能小説〉

乾　荘次郎
介錯
〈鶴亀道場日月抄〉
世情、人心ともに乱れる幕末を舞台に青年剣士の活躍を描く。文庫書下ろし連作時代小説。

佐江衆一
江戸の商魂
侍にも負けない商人の誇りとは？　今でも通用する江戸時代の商人の粋な生き方を探る。

田中文雄
鼠舞
石材店を継いで過疎の町に移り住んだ一家を襲う怪異と惨劇。文庫オリジナル長編ホラー。

中村うさぎ
倉田真由美
うさたまのいい女になるっ！
〈暗夜行路対談〉
モテる女とは？　普通って何？　二人が語りつくしてわかった、女が自分らしく生きる道。

本格ミステリ作家クラブ・編
深夜バス78回転の問題
〈本格短編ベスト・セレクション〉
横山秀夫、高橋克彦、法月綸太郎、北森鴻……。12編の短編で本格ミステリの全てがわかる！

ディーン・クーンツ
田中一江　訳
対決の刻(上)(下)
不思議な少女、逃げる少年、職にあぶれた美女。巨匠が放つノンストップ・サスペンスの傑作。

講談社文庫刊行の辞

二十一世紀の到来を目睫に望みながら、われわれはいま、人類史上かつて例を見ない巨大な転換期をむかえようとしている。

世界も、日本も、激動の予兆に対する期待とおののきを内に蔵して、未知の時代に歩み入ろうとしている。このときにあたり、創業の人野間清治の「ナショナル・エデュケイター」への志を現代に甦らせようと意図して、われわれはここに古今の文芸作品はいうまでもなく、ひろく人文・社会・自然の諸科学から東西の名著を網羅する、新しい綜合文庫の発刊を決意した。

激動の転換期はまた断絶の時代である。われわれは戦後二十五年間の出版文化のありかたへの深い反省をこめて、この断絶の時代にあえて人間的な持続を求めようとする。いたずらに浮薄な商業主義のあだ花を追い求めることなく、長期にわたって良書に生命をあたえようとつとめるところにしか、今後の出版文化の真の繁栄はあり得ないと信じるからである。

同時にわれわれはこの綜合文庫の刊行を通じて、人文・社会・自然の諸科学が、結局人間の学にほかならないことを立証しようと願っている。かつて知識とは、「汝自身を知る」ことにつきていた。現代社会の瑣末な情報の氾濫のなかから、力強い知識の源泉を掘り起し、技術文明のただなかに、生きた人間の姿を復活させること。それこそわれわれの切なる希求である。

われわれは権威に盲従せず、俗流に媚びることなく、渾然一体となって日本の「草の根」をかたちづくる若く新しい世代の人々に、心をこめてこの新しい綜合文庫をおくり届けたい。それは知識の泉であるとともに感受性のふるさとであり、もっとも有機的に組織され、社会に開かれた万人のための大学をめざしている。大方の支援と協力を衷心より切望してやまない。

一九七一年七月

野間省一

|著者|鈴木英治　1960年静岡県生まれ。明治大学経営学部卒。1999年第1回角川春樹小説賞特別賞を「駿府に吹く風」(刊行時に『義元謀殺』と改題)で受賞。個性ゆたかな登場人物を次々に描き出す時代小説の新旗手として、注目を集める。『飢狼の剣』『血の城』などのほか「勘兵衛」「半九郎」「新兵衛」「手習重兵衛」「無言殺剣」「父子十手捕物日記」「口入屋用心棒」などの各シリーズがある。本書で、待望の講談社文庫初登場。

闇の目　下っ引夏兵衛

鈴木英治

2008年1月16日第1刷発行

講談社文庫

定価はカバーに
表示してあります

発行者――野間佐和子
発行所――株式会社　講談社
東京都文京区音羽2-12-21　〒112-8001
電話　出版部 (03) 5395-3510
　　　販売部 (03) 5395-5817
　　　業務部 (03) 5395-3615

Printed in Japan

デザイン―菊地信義
本文データ制作―講談社プリプレス制作部
印刷――株式会社廣済堂
製本――株式会社千曲堂

落丁本・乱丁本は購入書店名を明記のうえ、小社業務部あてにお送りください。送料は小社負担にてお取替えします。なお、この本の内容についてのお問い合わせは文庫出版部あてにお願いいたします。

ISBN978-4-06-275868-0

本書は文庫書下ろし作品です。

乃と結婚。現役の歴史・時代小説作家同士の結婚は、きわめて稀である。同じ道を歩む伴走者を得た作者が、これからどこまで飛躍するのか。このシリーズを通じて、さらなる鈴木英治の成長の軌跡を追えるなら、これほど嬉しいことはない。

がある。すると、普段の言動の反動で、よけいにいい奴に思えてしまうのだ。最初がマイナス評価であるがゆえに、プラス評価との間の振り幅が大きくなり、そこに感動が生まれる。作者が本書で使っている手法が、まさにそれである。泥棒・夏兵衛の姿を最初に印象づけた上で、彼の人間的な魅力を、次々と引き出して読者に提示しているのだ。エンタテインメントの真髄（しんずい）を心得た、素晴らしいテクニックといえよう。

　また、捕物帖としての面白さも見逃せない。地道な聞き込みの過程で得た手掛かりを元に、行方不明になったふたりの和尚の意外な共通点を導き出す、夏兵衛の推理。そこから一挙に広がっていく、事件の構図。残念なことに事件は本書で解決せず、次巻に持ち越されるが、捕物帖の読みどころを、充分に堪能（たんのう）できるのである。

　メインの事件もそうだが、次巻への〝引き〟は、実に多い。夏兵衛の正体が、伊造にいつばれるのか。伊造の娘と、彼女と一緒に歩いていた男の関係。由岐の抱える事情の内実。参信和尚と戸ヶ崎陣兵衛の関係。夏兵衛が父親から勘当された理由など、先の見えない展開と謎に、悶々（もんもん）としてしまうのだ。これはもう、一刻も早く、次巻を出してもらわないと、困る。本当に困る。新シリーズ一冊目だが、パワー全開の鈴木ワールドに、もう夢中なのである。

　なお作者は、本書執筆中の二〇〇七年九月に、歴史・時代小説の俊英である秋山香